KB121195

로크미디어가
유혹하는
재미있는 세상

ROK
MEDIA
로크미디어

로또부터 장군까지 3

2023년 7월 20일 초판 1쇄 인쇄
2023년 7월 25일 초판 1쇄 발행

지은이 게르만
발행인 강준규

기획 이기헌 왕소현 임동관 박경무 강민구 조익현
책임편집 오영란
마케팅지원 이원선

발행처 (주)로크미디어
출판등록 2003년 3월 24일
주소 서울시 마포구 마포대로 45 일진빌딩 6층
Tel (02)3273-5135 **Fax** (02)3273-5134
홈페이지 rokmedia.com **E-mail** rokmedia@empas.com

ⓒ 게르만, 2023

값 9,000원

ISBN 979-11-408-1201-1 (3권)
ISBN 979-11-408-1132-8 04810 (세트)

로마부터
장군까지

게르만 현대 판타지 장편소설

CONTENTS

Chapter 1	7
Chapter 2	65
Chapter 3	127
Chapter 4	185
Chapter 5	243

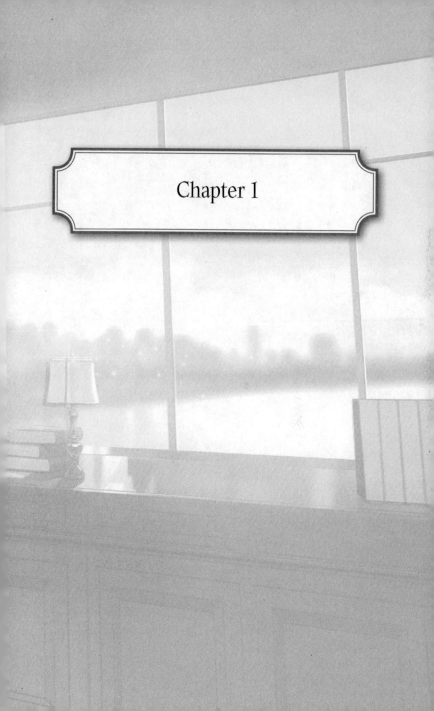

Chapter 1

한편.

대한은 지휘 통제실에서 그 일련의 과정들을 실시간으로 지켜보고 있었다.

이 모든 건 대한의 작품이었다.

지휘 통제실에서 작전사 회의 사항을 내려 준 덕에 이때쯤 이영훈이 내려올 것이란 걸 예상할 수 있었고.

그와 더불어 막사의 모든 입구에 CCTV가 있었기에 이영훈이라면 반드시 이리로 올 것이라는 걸 알아 병사들을 미리 대기시킨 건데 보기 좋게 이영훈이 걸려든 것이다.

잠시 후.

이영훈이 양팔을 잡힌 채 지휘 통제실로 들어왔고 옥지성을 비롯한 병사들이 조용히 퇴장하자, 대한은 그제야 이영훈의 얼굴에 씐 피엑스 봉지를 벗겨 주었다.

"엇? 중대장님 아니십니까?"

전혀 몰랐다는 대한의 표정.

그 반응에 이영훈이 대한을 노려보며 말했다.

"지랄하지 말고 빨리 풀어."

"예, 알겠습니다. 근데 정말 몰랐습니다."

"지랄하네. 네가 시켰냐?"

"제가 말입니까? 에이, 아닙니다. 근무자들이 근무를 워낙 잘 서서 이렇게 신속히 잘 대응할 수 있었던 것 같습니다."

"진짜 지랄이 짜다. 내가 살면서 불침번이 포승줄이랑 케이블 타이 들고 다니는 건 또 처음 본다. 그리고 봉지로 얼굴은 왜 가려?"

"아, 그건 제가 근무자 교육 때 그 부분과 관련해서 강조를 많이 해서 그런 것 같습니다. 근데 중대장님이 어떻게 잡히셨습니까? 암구호 알고 계셨던 것 아닙니까?"

"크흠……."

그 말에 이영훈은 차마 대답하지 못했다.

중대장씩이나 돼서 암구호를 몰라 불침번에게 잡혔다고 할 순 없는 노릇이었으니까.

이윽고 포박에서 풀린 이영훈이 쓰린 손목과 손가락을 어루만지며 말을 돌렸다.

"하나, 나쁜 새끼들. 당직사령 완장 보고도 이렇게까지 하다니."

"북한군이 위장한 걸 수도 있지 않습니까, 그러게 열려 있는 문으로 들어오시지 왜……."

"거, 올라간 광대나 좀 내리고 말해라."

"아, 티가 좀 많이 났습니까? 그나저나 갑자기 회의하신다고 고생 많으셨습니다. 뭐 좀 드셨습니까?"

"아니, 너랑 같이 먹으려고 아직 안 먹었지. 어, 근데 내 봉지 어디 갔어?"

가지고 온 피엑스 봉지가 사라졌다.

아까 불침번들에게 제압당할 때 흘리고 온 모양.

그때, 지휘 통제실에 옥지성이 들어왔다.

"충성! 당직사령님, 복도에서 이런 걸 습득해서 보고 드리려고 내려왔습니다."

옥지성의 손에는 이영훈이 가져왔던 피엑스 봉지가 들려 있었고 이영훈은 눈을 가늘게 뜨고는 옥지성에게 말했다.

"야, 지성아."

"상병 옥지성!"

"칠판 해 봐."

"잘 못 들었습니다?"

"칠판이라고 말해 보라고."

그 말에 옥지성이 어색하게 웃으며 피엑스 봉지를 대한에게 건넸고 대한은 봉지 안을 살핀 후 덩달아 웃으며 옥지성에게 말했다.

"지성아, 고생했다. 얼른 올라가 봐."

"야, 칠판 해 보라니까!"

"고생하십쇼! 충성!"

옥지성이 도망치듯 지휘 통제실을 빠져나간다.

그 모습을 본 이영훈이 미간을 좁히며 아린 손목을 어루만졌다.

"아무리 봐도 저 새끼 맞는 것 같은데……."

"에이, 설마 이런 걸로 뒤끝 부리시는 겁니까? 불침번은 자기 소임을 다 했을 뿐입니다."

"농담이야, 인마. 근데 넌 어째 첫 근무인데도 상황 대처가 이렇게 깔끔하냐? 하여튼 놀릴 맛이라고는 없는 새끼."

"이게 다 능력 있는 중대장님 밑에 있어서 그런 것 아니겠습니까?"

"그래…… 내가 너한테 무슨 말을 하겠냐. 그나저나 넌 뭐 좀 먹었냐?"

"중대장님 오실 것 같아서 기다리고 있었습니다."

"센스 넘치는데 묘하게 지독한 새끼…… 그래서 미워할 수 없는 새끼…… 잘했다. 라면 물 올려놓고 담배나 한 대 피우고 오자."

"예!"

대한은 커피포트에 물을 올리고는 이영훈을 따라 막사 밖으로 향했다.

이후, 이영훈은 대대 지휘 통제실에서 라면을 먹으며 대한과 수다를 떨다 올라갔고 멀어지는 이영훈의 뒷모습을 보며 대한도 슬슬 몸을 풀기 시작했다.

'상황부여가 3번이었으니 나도 딱 3번만 뇌절한다.'

이제는 대한이 반격할 차례였다.

※

이영훈이 대대 지휘 통제실을 떠나고 몇 시간 뒤인 03시.

드디어 대한의 주둔지 순찰 시간이 되었다.

단 지휘 통제실에 도착한 대한은 이영훈을 비롯한 모두가 졸고 있는 것을 확인한 후 평소처럼 군기 잡힌 목소리로 이영훈에게 우렁찬 경례를 올렸다.

"충성! 소위 김대한, 순찰 다녀오겠습니다!"

우렁찬 경례에 다들 화들짝 놀라며 일어났고 이영훈 역시 벌게진 눈으로 대한을 보며 한숨을 내쉬었다.

"미친 새끼…… 너랑 다시는 당직 같이 안 선다."

"대신 오늘 주둔지의 안전은 제가 확실하게 지키겠습니다!"

"그래, 열심히 지켜 줘라."

"특별히 확인할 사항 있습니까?"

"없어, 코스대로 돌고 알아서 복귀해."

"예! 알겠습니다!"

이영훈의 피로한 기색에 대한은 만족스러운 표정을 지었고 이영훈이 다시 잠든 것을 확인한 대한은 잠에서 깬 상황병에게 조용히 말했다.

"카메라 좀 줄래?"

"카메라 말씀이십니까? 어…… 아, 여기 있습니다."

카메라를 요청하는 순찰자는 또 처음 봤기에 상황병은 순간 당황했지만 금방 카메라를 건네주었고.

카메라를 들고 나오자 지통실 옆에서 대기하고 있던 당직부사관이 의아한 눈초리로 대한에게 물었다.

"사령님, 카메라는 왜 들고 오신 겁니까?"

"특이 사항 다 찍어 오려고."

"그렇긴 한데… 순찰 다니면서 카메라 가져가시는 간부님은 또 처음 봅니다."

"그래? 실은 나도 처음이야."

대한도 십 년이 넘게 군 생활을 했지만 카메라를 가져가는 건 이번이 처음이었다.

왜냐하면 보통의 간부들은 귀찮아서 잘 안 가져가니까.

물론 대한이 카메라를 가져감으로써 진짜 귀찮아지는 사람은 따로 있었다.

바로 당직사관인 이영훈.

대한에게 카메라로 보고 받은 뒤 상급자에게 다시 보고를 올려야 하기 때문이다.

이윽고 대한은 순찰을 나서기 시작했고 약 한 시간 뒤, 순찰을 마치고 단 지휘 통제실로 복귀한 대한은 모두가 졸고 있는 걸 확인한 후 다시 한번 우렁찬 목소리로 경례를 올렸다.

"충성! 소위 김대한! 복귀했습니다!"

"아이씻, 깜짝이야! 제발, 대한아! 너 진짜 왜 그러냐! 그냥 조용히 복귀하라니까?"

"특이 사항이 있어서 보고 드리려고 왔습니다!"

"특이 사항은 또 뭔 놈의 특이 사항이 있다고……."

이영훈은 귀찮다는 표정으로 대한을 쳐다보다가 대한의 손에 들린 카메라를 보고 두 눈이 휘둥그레 커졌다.

"너 설마 사진 찍어 온 거냐?"

"예, 그렇습니다."

"왜?"

"말로 설명하는 것보다 훨씬 좋다고 생각되어 촬영해 왔습니다!"

"아, 미친놈…… 야, 카메라 누가 줬어."

그 말에 상황병이 눈치를 보기 시작했고 이영훈은 품에 넣은 담배를 찾기 시작했다.

그도 그럴 게 원래라면 무난하게 넘어갈 만한 일이었으나 오늘은 작전사 회의 지시 사항으로 주둔지 순찰 강화가 있었기에 평소보다 더 귀찮아질 것이 예상되었기 때문이다.

물론 대한을 무시하고 가라로 보고를 할 수도 있었지만…….

'단장님이 이런 거엔 또 생각보다 엄청 꼼꼼하시단 말이지.'

대대에서 올라온 보고사항까지 확인해 보는 이원영이었기에 대한의 보고를 마냥 무시할 순 없었다.

그리고 설령 가라로 보고한다고 한들 왠지 대한은 따로 단에 보고를 할 것 같았으니까.

'나중에 아시게 될 바엔 차라리 미리 보고하는 게 낫다.'

이영훈이 한숨을 내쉬며 물었다.

"그래서, 특이 사항이 뭔데?"

"유류고 울타리에 보수가 필요한 2곳, 탄약고 토끼굴 3개, 수송부 자물쇠 고장이 있습니다."

"유류고 울타리랑 수송부 자물쇠야 그렇다 치고, 토끼굴은 네가 막으면 되잖아?"

산지에 있는 대부분의 부대들 특성상 울타리 밑으로 생기는 토끼굴은 항상 존재했다. 그렇기에 어차피 생기는 굴, 대부분은 발로 뭉개거나 돌로 막아 두는 조치를 해 두는 편인데 그것도 적당한 크기여야 가능한 것.

대한은 이영훈의 말에 카메라에 찍어 온 사진들을 보여 주었다.

그런데 찍어 온 토끼굴의 크기가 하나같이 전부 다 컸다.

"……확실히 토끼굴치고는 좀 크네. 일단 오케이, 다른 사진들도 좀 보자."

"예, 여기 있습니다."

카메라에는 토끼굴 외에도 거대한 동물이 지나갈 법한 큰 구덩이와 사람이 통과할 정도로 훼손된 울타리. 그리고 잠가져 있지만 손으로 당기면 열리는 자물쇠 등이 찍혀 있었다.

사진을 유심히 보던 이영훈이 미간을 좁히며 대한에게 말했다.

"너…… 순찰을 얼마나 돌아다닌 거야?"

대한의 뒤에 있던 당직부사관의 표정을 보니 순찰이 얼마나 고됐을지 얼추 가늠이 됐다.

그도 그럴 게 사진 속에 촬영된 지점들은 하나같이 낮에도 쉽게 접근하기 힘든 산비탈들이었고 대한은 그 험한 곳을 손전등에 의지한 채 모두 다녀온 것이었다.

물론 대한의 입장에선 별로 어려운 일이 아니었다.

미리 알고 있었기 때문이다.

'전에 한번 가 봤던 곳인데 두 번이라고 못 가 볼까.'

말 그대로였다.

대한이 발견해 온 것들은 모두 전생에 다른 사람들에 의해 발견된 곳들.

그래서 쉽게 찾아온 것.

게다가 주둔지 시설을 꼼꼼히 살펴야 확인이 가능한 것들이었기에 이영훈은 대한이 그저 대단해 보일 수밖에 없었다.

"열심히, 놓치는 곳 없이, 모두 다 확실하고 꼼꼼하게 순찰하고 왔습니다."

"대, 대단하네."

"감사합니다."

"징그럽다, 아주 징그러울 정도야⋯⋯."

이렇게까지 열심히 해 왔는데 어찌 모른 척 할 수 있을까?

이영훈이 상황병에게 카메라를 주며 말했다.

"이거 사진 다 뽑아서 나한테 보내 놔. 보고서 만들어야 하니까 용량도 좀 알아서 줄여 주고."

"예, 알겠습니다."

"대한이 넌 고생했다. 바로 대대로 내려가 봐."

"예, 고생하십쇼! 충성!"

대한은 그제야 만족스러운 표정으로 이영훈에게 경례를 올렸다.

세 번이나 당했던 상황 부여의 복수를 드디어 완수하였기에.

✳

이후, 더 이상의 전쟁은 없었다.

이영훈도 깨달은 것이다.

미친놈은 건드리면 안 된다는 걸.

덕분에 대한도 느긋하게 당직을 마칠 수 있었고 대한은 퇴근

후 일찍이 숙소로 돌아왔다.

숙소에서 잠들기 전, 대한은 안부 차 엄마에게 전화를 걸었다.

-어, 아들.

"어, 엄마. 주말이라 한번 전화해 봤어."

-이번 주는 안 와?

"피곤해서 그냥 여기서 자려고. 그나저나 건강검진 결과는 나왔어? 시간이 좀 된 것 같은데."

-글쎄? 아직 연락이 없네?

"그래?"

건강검진 결과가 원래 이렇게 늦게 나오나?

나중에 오정식에게도 확인해 보니 할머니 검사 결과도 아직이라고 했다.

'뭐, 나중에라도 연락 오겠지.'

통화를 마친 대한은 일찍 잠자리에 들었다.

당직 틈틈이 잤다고는 하지만 그래도 푹 잔 것은 아니었으니까.

물론 이영훈은 그러지 못했다.

대한이 찾아온 순찰 사항들을 보고하느라 정신이 없었기 때문.

그래도 어찌저찌 보고를 마친 후 뒤늦게 잠을 청했고 두 사람은 일요일까지 부대에서 푹 쉰 후, 드디어 요리 대회가 열리는 월요일을 맞이할 수 있었다.

※

요리 대회가 시작되는 월요일.

다른 날들 중 오늘이 요리 대회 개최일이 된 이유는 생각보다 간단한 이유에서였다.

그건 오늘 점심이 바로 '빵식'이었기 때문.

'공식 대회도 아니고 소소하게 대대 차원에서만 진행되는 건데 어찌 보면 당연하지.'

비록 현수막이나 플래카드를 걸 것도 없이 그들만의 리그처럼 소소하게 진행되는 요리 대회라지만 그래도 갖춰 줘야 될 조건들이 많았다.

일단 명색이 요리 대회지만 식재료가 낭비되는 일 없이 한 끼 식사를 대체할 수 있어야 했고 장병들과 간부들의 개인 시간을 빼앗지 않아야 하는 것이 포인트.

그렇다 보니 상대적으로 시간이 널널한 때를 찾을 수밖에 없었고 비교적 식사 준비가 빨리 끝나는 '빵식'이 나오기 전에 대회를 열기로 한 것.

그런 의미에서 오늘 대회가 열리는 시간은 오전 11시.

서류 준비나 기타로 준비해야 될 것들이 없었기 때문에 대한은 여유롭게 간부 연구실에서 공문들을 확인하며 오전 일과를 진행하고 있었다.

그때, 단 보급 수불 담당관의 전화가 걸려 왔다.

"예, 담당관님."

"충성. 소대장님? 지금 식당에 와 보니 애들이 무슨 대회 준비 중이라고 하는데 이게 뭔지 알 수 있겠습니까? 애들한테 물어보니 소대장님이 알 거라고 해서 말입니다."

"아, 안 그래도 슬슬 식당으로 넘어 가려고 했는데 가서 직접 말씀드려도 되겠습니까?"

"알겠습니다. 그럼 이따 뵙겠습니다."

방금 전화를 한 사람은 단 보급 수불 담당관 '최진철 상사'.

최진철 상사로 말할 것 같으면 우선 단과 대대가 함께 있는 주둔지에서 식당을 실질적으로 담당하는 부대는 당연히 상급 부대인 단이고.

그중 단 군수과 소속인 보급 수불 담당관이 급양 관련 업무를 맡고 있는데 그 보급 수불 담당관이 바로 최진철 상사였다.

'언제 알아차리나 했더니 이제야 알아차리는구만.'

언젠간 최진철이 물어볼 거라고 생각해서 따로 단에 알리지는 않았다.

어차피 공식 행사도 아니었으니까.

하지만 그런 것치고는 너무 늦게 알아차렸다.

이해는 됐다.

보급 수불 담당관이 하루 종일 취사병들한테 붙어 있는 것

도 아니고 하는 일이라고는 보급품과 음식 재료들만 검사하는
게 대부분이고.

취사병들 쉬는 시간에는 일체 터치하지 않는 사람이기에 쉴
때 요리 대회 준비를 하고 있다고 해도 아주 관심 있게 지켜보
지 않으면 모를 수도 있었기 때문이다.

대한은 시간을 확인한 후 곧장 식당으로 이동했고 잠시 뒤,
취사병들을 지켜보고 있는 최진철의 뒷모습을 볼 수 있었다.

"안녕하십니까, 담당관님."

대한의 인사에 대한을 본 최진철도 즉시 경례를 올렸다.

"충성. 오셨습니까?"

"네, 미리 이야기를 드린다는 게 동원 훈련이랑 내부 징계
건 때문에 정신이 없어서 미처 말씀을 못 드렸습니다, 죄송합
니다."

내부 징계라는 말에 최진철이 손사래를 치며 괜찮다고 했다.

곽주진의 징계 건은 부대에서 알 만한 사람들은 모두 다 아
는 제법 큰 사고였으니까.

"아, 아닙니다. 듣기로는 공식적인 대회도 아니라던데 사실
말씀주실 의무는 없죠. 그나저나 웬 요리 대회입니까?"

"아, 그게…… 원래는 제가 중대장님한테 건의해서 정말 작
게 소규모로만 진행하려던 건데 어쩌다 보니 대대장님까지 아
시게 돼서 대대장님배 요리 대회가 됐습니다."

"아, 그렇습니까? 그럼 설마 우승 상품도……?"

"넵, 맞습니다. 대대장님이 포상 휴가 주셔서 그걸로 진행할 생각입니다."

"그래서 애들이 열심히였군요. 근데…… 아무리 비공식 대회라지만 명색이 대회인데 예산은 어떻게 마련하셨습니까? 재료부터 이것저것 필요하신 게 한두 개가 아니셨을 텐데."

역시 보급 수불 담당관.

걱정하는 포인트부터가 다르다.

그 물음에 대한이 미소 지으며 답했다.

"그건 걱정하지 않으셔도 됩니다. 이번 요리 대회 주제가 기존의 급식 메뉴를 업그레이드해서 내놓는 것이라 따로 예산을 마련할 필요가 없었습니다."

물론 기존의 재료 외에도 박희재가 사비로 예산을 일부 지원해 줘서 더더욱 예산을 지원받을 필요가 없었지만.

'또 내가 틈틈이 지원해 주기도 했고.'

대한의 말에 최진철의 표정이 더더욱 환해졌다.

"오오, 그런 거라면 예산을 따로 마련해 주지 않아도 되니 확실히 더 좋은 것 같습니다. 거기다 상급 부대 눈치를 안 봐도 되니 더 좋은 것 같습니다."

상급 부대의 눈치.

사실 이게 제일 중요했다.

군대에선 상급 부대에서 식단을 정해 주고 그에 맞춰서 식재료도 내려 주기 때문에 하루 식사의 순서를 바꾸는 것은 가능했지만 메뉴 자체를 바꾸는 것은 곤란했다.

하지만 이런 식으로 대회를 진행하면 그런 걱정을 하지 않아도 되니 담당관으로썬 한결 안심인 셈.

최진철이 물었다.

"그럼 대회는 혹시 몇 시쯤에 시작됩니까?"

"이것저것 준비 마치면 11시쯤에 시작될 예정입니다."

"그렇군요. 그럼 혹시 심사위원은 누구인지 알 수 있겠습니까?"

"아무래도 형평성을 위해 대대장님과 주임원사님, 정작과장님 이렇게 세 분이서 하실 것 같습니다."

"오……."

최진철이 부러운 눈빛으로 입술을 둥글게 오므려 보이자 최진철의 표정을 지켜보던 대한이 은근한 말투로 물었다.

"혹시 담당관님도 이번 대회 출품작들을 한번 시식해 보시겠습니까?"

"제가 말씀이십니까?"

화들짝 놀라는 최진철.

그러나 놀람과는 별개로 입가에 미소가 은근히 걸려 있는 게 어지간히도 먹어 보고 싶었나 보다.

대한이 옅게 웃으며 말했다.

"겨우 시식인데 안 될 게 뭐가 있겠습니까, 오히려 담당관님이 참여하신다고 하면 대대장님께서도 더 좋아해 주실 것 같습니다."

"그, 그렇습니까? 그럼 저야 감사하긴 한데…… 하핫, 기회를 주셔서 감사합니다. 그럼 감히 숟가락 좀 올려 보겠습니다."

"그럼 11시 전까지만 식당으로 와 주시면 감사하겠습니다. 그쯤부터 본격적으로 시작될 것 같아서 말입니다."

"예, 알겠습니다! 감사합니다. 이런 좋은 자리에 참여할 수 있는 기회를 주셔서."

"에이 아닙니다."

"그럼 이따 11시에 식당서 뵙겠습니다."

"알겠습니다. 충성."

말을 마친 최진철이 싱글벙글 웃는 얼굴로 단으로 먼저 복귀한다.

그리고 그런 최진철의 뒷모습을 보며 대한은 흡족함에 고개를 끄덕였다.

'곧 이원영의 귀에도 들어가겠군.'

따지고 보면 최진철은 단 소속이었기에 높은 확률로 단장에게 이번 요리 대회에 대한 보고를 올릴 게 분명했다.

그럼 호기심 많고 내기 좋아하는 이원영은 요리 대회에 관심을 보일 게 뻔했고 작게는 단장배 요리 대회부터 크게는 단과 대대 간의 요리 대결로까지 이벤트가 커질 확률이 농후했다.

'그렇게 되면 취사병들 의욕도 더 높아지게 될 테고.'

덩달아 이 일을 처음 기획했던 자신도 추가로 칭찬을 받게 될 터.

'장기 하려면 슬슬 이런 작업들도 미리미리 해 놔야지.'

대한은 이제 확실히 마음을 굳혔다. 전생에 달지 못한 소령을 이번 생에는 꼭 달아야겠다고 생각했으니까.

대한이 흡족한 표정으로 병사들의 뒷모습을 바라본다.

※

"흠."

그 시각 단장실.

아침 일찍 출근한 이원영은 주말 간 밀린 당직 일지들을 확인했다.

보고는 이미 출근하자마자 당직사령에게 받았지만 그래서 한 번 더 보는 것이다.

평소라면 특이 사항이 없을 보고가, 이번에는 좀 특별했기에.

'김대한 소위라고 했지…….'

이원영이 보고 있는 것.

다름 아닌 이영훈이 당직사령으로 근무한 날 제출한 당직 일지였다.

이원영은 그중에서도 대한이 순찰을 돌며 제출한 것들을 눈여겨보는 중이었다.

'카메라까지 쓰는 놈이라니······.'

군 생활을 꽤 오래했지만 순찰 돌 때 카메라 쓰는 놈은 또 처음이다.

아무리 육사 출신의 FM 소위라도 카메라까지 들고 설치지는 않기 때문이다.

그래서 처음 일지를 봤을 땐 신입 소위의 넘치는 의욕 정도라고 생각했다.

그런데 막상 일지들을 확인해 보니 대한이 발견한 것들 모두 세심하게 검사하지 않으면 좀처럼 알 수 없는 것들뿐이라 놀라울 따름이었다.

'의욕이 과해서 이러는 것 같진 않고 뭔가 이런 생활이 몸에 배어 있는 놈 같은데······ 장기 할 생각도 없다는 놈이 군 생활은 왜 이리 열심히인 거야?'

이원영은 자기 와이프한테 건강검진을 권유했던 걸 잊지 않고 있었다.

덕분에 자신까지 덩달아 건강검진을 받았으니까.

그때였다.

똑똑-.

"단장님, 담당관입니다."

최진철?

이 시간에 무슨 일이지?

이원영이 보던 서류를 책상 한편에 밀어놓으며 대답했다.

"들어오세요."

그 말에 최진철이 문을 열고 들어왔다. 그런데 손에 아무런 서류도 들려 있지 않았다.

뭐지?

뭐 할 말이라도 있나?

이원영이 말했다.

"어쩐 일이십니까, 커피 한 잔 드립니까?"

그 말에 최진철은 뭐가 그리 신났는지 싱글벙글한 표정으로 말했다.

"괜찮습니다. 그보다 제가 방금 전에 좋은 걸 보고 와서 단장님께 바로 보고드리러 왔습니다."

"좋은 거요?"

말 그대로였다.

대한과 헤어지고 식당에서 먼저 나온 최진철은 아니나 다를까, 군수과 대신 곧장 단장실로 향했다.

이런 좋은 건 보고하지 않을 수가 없었으니까.

이원영의 되물음에 최진철이 말을 이어 나갔다.

"오늘 식당에서 취사병들 간의 요리 대회가 열리는 걸 알고 계셨습니까?"

"요리 대회?"

이건 또 무슨 말일까?

그 말에 이원영의 얼굴에 흥미가 돌기 시작했다.

"그런 건 못 들었는데…… 갑자기 무슨 요리 대회입니까?"

"대대에서만 작게 열리는 대회인 모양이던데 좀 전에 막 제가 보고 오는 길입니다."

"잘못 본 건 아니고요?"

"아닙니다. 오늘 점심이 빵식이라 원래라면 진작에 식사 준비 다 끝내고 쉬고 있어야 할 애들이 뭘 자꾸 만들고 있길래 확인차 물어봤더니 요리 대회가 맞다고 했습니다."

"요리 대회라……. 근데 그거, 누구 아이디어인지는 압니까? 대대에서 열린 거라고 해도 대대장이 직접 열었을 것 같지는 않은데……."

이원영은 확신했다.

절대 박희재가 대회를 주최하지 않았을 거라고.

그놈은 그런 머리가 없는 놈이었으니까.

그 말에 최진철이 곧잘 대답했다.

"김대한 소위라고, 이번에 새로 들어온 신입 소위가 건의해서 시작된 대회라고 들었습니다."

"김대한 소위요?"

"예, 그렇습니다. 심지어 이번 대회 주제가 기존의 급식 메뉴를 업그레이드해서 급식의 질을 향상시키는 것에 초점을 둔 터라 따로 예산도 들지 않았다고 합니다."

신나서 설명하는 최진철.

그나저나 김대한.

또 그 녀석이다.

생각지도 못한 곳에서 대한의 이름이 나오자 이원영이 구석으로 밀어둔 당직 일지를 힐끔 쳐다본 후 다시 말을 이었다.

"대회가 몇 시에 열립니까?"

"11시에 시작된다고 합니다. 구경 한번 가 보시겠습니까?"

"그러지요. 담당관도 같이 갑시다."

"예, 단장님. 저, 근데 혹시 이번 대회가 정말로 급식의 질을 올리는데 도움이 된다면 저희도 단 차원에서 한번 개최해 보심이 어떠시겠습니까? 취사병들 눈에 생기가 도는 게 분명 병사들 사기 증진에 큰 도움이 될 것 같습니다."

"좋은 의견인 것 같습니다. 검토해 보도록 하죠. 그럼 이따 10시 30분쯤에 단장실 앞에서 봅시다."

"예, 단장님!"

이원영의 긍정적인 반응.

모든 게 대한의 예상대로였다.

✳

그쯤 식당도 요리 대회 준비가 한창이었다.

"단상은 저기다가 놔둬. 어, 딱 좋네."

요리 대회 준비는 놀랍게도 대대 인사과장인 고종민 중위가 맡아서 해 주었다.

비공식 대회이긴 하나 어쨌든 대대장 주최 대회이니 만큼 인사과장인 고종민이 출동한 것.

현수막 같은 건 없었지만 그래도 강당에서 단상 가지고 오고 테이블에 흰 천도 깔고 하니 제법 그럴 듯한 구색이 나왔다.

그때, 잠시 간부 연구실에 다녀온 대한이 고종민에게 살갑게 붙어 경례를 올렸다.

"충성! 선배님, 제가 뭐 도와드릴 건 없겠습니까?"

"오, 대한이 왔구나. 아냐아냐, 거의 끝났어."

고종민은 진심으로 대한을 반갑게 맞아 주었다.

당연했다.

대한에게 생일 선물로 받은 조니워커 맛이 아직도 혀끝에 남아 있는 게 느껴졌으니까.

"죄송합니다. 안 그래도 바쁘실 텐데 제가 자꾸 일을 만드는 것 같아서 말입니다."

"에헤이, 그런 말 하는 거 아냐. 이게 다 부대에 도움되라고 한 걸 텐데 괜찮아, 신경 쓰지 마. 담배나 한 대 피우러 가자."

"예, 선배님."

과연 블루라벨은 블루라벨이었다.

두 사람은 식당 옆 흡연장으로 이동했고 담배를 꺼내 문 고종민이 라이터를 찾기 위해 품을 뒤지자 대한이 잽싸게 자신의 라이터를 꺼내 담뱃불을 대령했다.

"뭐야. 너 담배 피웠냐?"

"아닙니다. 라이터만 가지고 다닙니다."

"근데 터보 라이터를 들고 다녀?"

"바람 부는 날을 고려해서 일부러 터보만 들고 다닙니다."

"역시 후배님 센스가…… 크, 너 같은 애들이 장기를 해야 하는 건데."

"선배님은 군인 체질이신가 봅니다."

"뭐, 꼭 그런 건 아닌데…… 그래도 남자가 칼을 뽑았으면 끝은 봐야 될 것 같아서 말이야."

"멋진 마인드이신 것 같습니다."

"그래? 그럼 이참에 너도 장기하지 그러냐?"

"진지하게 한번 고민해 보겠습니다."

"언제든 말만 해. 너 장기 한다고 하면 내가 최선을 다해서 밀어줄 테니까."

"감사합니다."

"아니, 말뿐이 아니라 진짜야. 너 모르지? 대대장님이 너 아주 마음에 들어 하셔. 장기 한다고 하면 바로 시켜 주실 걸? 매일 아침 보고 들어갈 때마다 네 칭찬이 아주 날로 늘어 가신다."

대대의 참모로서 지휘 보고를 위해 매일같이 박희재를 만나는 게 고종민이었다.

그런데 이따금씩 대한과 비교당해 속이 쓰리던 차였는데 조니워커를 선물 받은 이후로는 그냥 위장병이려니 하고 있는 중이었다.

'당연히 그렇겠지.'

예쁜 짓만 골라서 하는데 박희재가 어찌 안 예뻐할 수 있을까?

하지만 모른 척 눈을 동그랗게 뜨며 되물었다.

"그게 정말이십니까?"

"그래, 그렇다니까. 그러니까 진지하게 한번 고민해 봐. 네가 장기 한다고 하면 좋아할 사람 많으니까."

"선배님이 이렇게까지 말씀해 주시는데 정말 한번 고민해 봐야 할 것 같습니다."

"그래. 나도 좋은 후배랑 오래 군 생활하면 좋지. 끌어 주고 밀어주고…… 알지?"

"예, 선배님. 여부가 있겠습니까."

"오케이…… 그나저나 슬슬 시간 됐네. 네가 대대장님 좀 모셔 올래? 난 그동안 준비 마무리 짓고 있을게."

"예, 알겠습니다. 선배님!"

그로부터 얼마 뒤, 병영 식당에 꽤 많은 간부들이 모였다.

기존의 심사위원들을 제외하고도 대대의 모든 중대장들이 모였는데 취사병들 고생하는 것 좀 알아야 한다며 박희재가 일부러 불러 모은 것.

물론 진짜 이유는 휴가를 받지 못한 취사병들에 한해 중대장들이 알아서 챙겨 주라는 뜻이었지만 그런 건 굳이 말하지 않아도 다들 눈치로 알음알음 알고 있었다.

지휘관들 마음이야 다들 비슷했으니까.

그렇게 슬슬 요리 대회가 시작될 기미가 보일 때쯤이었다.

"충성!"

갑작스러운 대한의 경례 소리.

그 소리에 이상함을 느낀 박희재가 고개를 틀었을 때, 박희재는 자기도 모르게 미간을 좁힐 수밖에 없었다.

초대하지 않은 손님, 이원영 단장이 최진철 담당관과 함께 나타났기 때문이다.

"충성!"

"충성!"

"충성!"

이원영의 등장에 다른 간부들도 서둘러 경례를 올린다.

그에 이원영이 대충 손을 휘둘러 경례를 받아 주었고 미간 좁힌 박희재에게 이원영이 싱글싱글 웃으며 말했다.

"대대장, 이런 좋은 행사를 혼자만 즐기고 있었나? 이런 좋은 자리가 있으면 나도 불렀어야지."

"아…… 죄송합니다, 단장님. 이게 대대 내에서만 조그맣게 진행하려던 행사라, 미처 단장님께 알릴 생각을 못 했습니다."

"에이 조그마한 행사치곤 단상도 갖다 놓고 꽤나 본격적인데? 괜찮아, 뭐. 그럴 수도 있지. 그래서 말인데, 나도 같이 심사해도 될까?"

그 말에 박희재의 미간이 한 번 더 꿈틀했다.

표정이 마치, '이 양반은 또 어디서 어떻게 주워듣고 온 거야……'

딱 그 짝이었다.

박희재가 답했다.

"아, 예. 뭐. 안 될 건 또 뭐 있겠습니까. 주둔지에서 단장님이 하고 싶은 건 다 하셔야죠."

약간의 빈정거림.

그러나 이원영은 들은 척도 않고 싱글벙글 웃으며 자연스레 주임원사 자리를 차지했다.

그 모습을 본 대한이 얼른 최진철의 뒤로 가서 속삭이듯 말했다.

"담당관님! 담당관님이 단장님 모셔 오신 겁니까?"

"예. 그렇습니다. 3일짜리 휴가보다 4일짜리 휴가가 더 좋지 않겠습니까?"

"아니, 그거야 그렇긴 한데 단장님이랑 대대장님 사이 알고 계시지 않습니까?"

그 말에 최진철이 눈을 동그랗게 뜨더니 이내 곧 뻔뻔하게 웃으며 말했다.

"어휴, 소대장님도 알고 계셨습니까? 그럼 이제 저희 주둔지에 그 사실을 모르는 사람은 없을 것 같습니다."

"아이고…… 저러다 두 분 싸우시면 담당관님이 말려 주셔야 합니다. 저는 자신이 없습니다."

"에이, 설마 애들 보는 앞에서 그러시겠습니까."

담당관이 단장을 데려올 거란 건 이미 알고 있었다.

하지만 혹시 모를 나중을 위해 미리 보험을 깔아 둔 것뿐.

그리고 만약 두 사람이 싸운다면 아마도…….

'우승자 결정 때문에 싸우겠지.'

설사 두 사람의 취향이 같더라도 빈정 상한 박희재가 이원영의 선택을 그냥 보고만 있을 리는 없을 테니까.

그 증거로…….

"그나저나 들리는 말로는 소위 하나가 이번 대회를 기획했다고 하던데 사실입니까?"

"아, 예, 뭐. 김대한 소위라고 이번에 새로 들어온 친구가 기획했습니다."

"역시 이런 대회를 나나 대대장처럼 오래된 사람들이 기획할리가 없지. 역시 젊은 친구들이 머리 회전이 아주 비상한 것 같습니다."

"저는 하려면 할 수 있습니다. 아직까지 머리가 획획 잘 돌아가서요."

벌써 기 싸움이 시작됐으니까.

그 상황에 진행을 맡은 고종민이 단상 뒤에서 어쩔 줄 몰라하자 이영훈이 손짓으로 얼른 진행하라고 신호를 보냈다.

"아, 네! 시간 관계상 이제부터 제1회 대대장님배 요리 대회를 진행하도록 하겠습니다. 이번 요리 대회는……."

비공식 행사지만 그래도 나름 공식 대회처럼 식순이 이어졌고 심사위원이 3명에서 4명이 된 걸 제외하면 대회는 별 탈 없이 무난하게 진행되었다.

"……이번 대회의 참가자는 총 14명으로, 그럼 1번 요리부터 바로 준비해 주시면 되겠습니다."

휴가 인원을 제외한 단 취사병 7명과 대대 취사병 7명, 도합 14명이 참여한 첫 요리 대회.

이윽고 1번 요리가 준비되었다.

1번 요리는 치킨.

그런데 양념이 좀 특이했다.

"일병 정윤호! 지금부터 음식 설명을 드리겠습니다! 제가 만든 요리의 이름은 수원 왕갈비 통닭입니다!"

"수원 왕갈비 통닭?"

"예, 그렇습니다! 저희 집이 수원에서 크게 왕갈비집을 하는데 양념 소스가 굉장히 맛있는 편입니다. 그래서 그것을 치킨에 접목시켜 보았습니다. 요즘 시중에서 판매되는 통닭들이 여러 가지 소스를 입히는 것에서 힌트를 얻었으며 만드는 방법도 간단해 보급 식재료로 충분히 만들 수 있다는 것이 장점이라고 생각합니다."

"하지만 맛이 없으면 말짱 도루묵이지. 바로 먹어 보자고들."

이원영의 주도하에 이어지는 시식.

그런데 모두들 표정이 꽤 괜찮았다.

"맛있네?"

"괜찮네, 이거. 익숙한 맛인데 좀 특이해."

"청양고추가 토핑으로 올라가서 느끼한 맛도 좀 잡아 주는 거 같고."

"음음."

평들이 이어지며 다들 배분받은 종이에 각각 점수를 표기하기 시작했다.

이렇게 해서 최종적으로 점수의 합이 가장 많은 사람을 우승시키면 되었으니까.

그때 이원영이 주변을 둘러보며 말했다.

"맛있네. 근데 이거 하나뿐인가? 난 또 한 끼 식사가 전부 나오는 줄 알았더니."

그 말에 박희재가 한심하다는 듯 한숨을 내쉬며 말했다.

"단장님, 우리가 뭐 레스토랑 코스 요리 먹으러 온 것도 아닌데 꼭 그렇게 말씀하셔야 되겠습니까? 그리고 한 끼 식사 전부를 창의적으로 준비하는 게 어디 쉬운 일인 줄 아십니까? 안 그래도 병사들 힘든데 갑자기 오셔서 그런 말씀을 하시면……."

"아아, 알았어, 알았어. 자, 그럼 다음."

박희재의 꾸지람에 서둘러 다음 요리를 준비시키는 이원영.

그렇게 요리 대회가 한창 진행되었고 마침내 마지막 순서로 전찬영이 등장했다.

그리고 전찬영이 내놓은 음식은 다름 아닌…….

"일병 전찬영! 제가 준비한 음식은 카레입니다."

"카레?"

카레라는 말에 모두의 표정이 안 좋아졌다.

군인들은 급식 카레만큼이나 군대 카레를 별로 좋아하지 않기 때문.

그런데 전찬영이 내놓은 카레는 기존의 카레와는 좀 달랐다.

"…이게 뭔가?"

"카레입니다!"

"건더기가 하나도 없는데…… 일단 설명이나 한번 들어 보지."

이원영의 말대로 전찬영이 내놓은 카레에는 건더기가 하나도 없었다.

대신 구운 삶은 달걀이 하나씩 놓여 있었는데 전찬영이 설명을 시작했다.

"제가 준비한 요리는 카레입니다. 제가 수많은 메뉴들 중 카레를 선택한 이유는 병사들이 카레를 싫어하기 때문입니다."

"싫어해서 오히려 카레를 선택했다?"

"그렇습니다. 이번 요리 대회의 주제가 기존 메뉴를 더 맛있게 만들어 보자는 취지인데, 그 이유 중에는 병사들의 사기 증진도 있겠지만 좀 더 쉬운 방법으로 잔반을 줄이는 게 가장 큰 목적이라고 생각했기 때문입니다."

그 말에 심사위원 모두가 고개를 끄덕이기 시작했고 자신감을 얻은 전찬영은 계속해서 설명을 이어 나갔다.

"카레는 해물비빔소스와 조기튀김 만큼이나 인기가 없지만 대신 조기튀김이나 해물비빔소스와는 달리 약간만 손을 보면 얼마든지 맛있는 음식이 될 수 있습니다. 일례로 제가 이번에 만든 카레는 향신료 몇 개와 양파만 있으면 기존의 카레보다 훨씬 더 빠르고 맛있게 만들 수가 있습니다."

"양파?"

그 말에 모두들 카레를 뒤적였고 정말로 그릇 바닥에서 오래 볶아 갈색이 된 양파의 흔적들을 찾을 수 있었다.

"병사들이 카레를 싫어하는 이유는 밍밍함과 굵직한 건더기 때문입니다. 아무리 잔반 없는 식당을 지향하는 것이 군이라고는 하나 어쨌든 사람이 먹는 음식이기 때문에 당근이나 감자 같은 식재료에 대해 호불호가 있을 수 있습니다."

그뿐만이 아니었다.

군대 카레는 고기 건더기도 적을 뿐더러 카레가 나오는 날이면 반찬도 부실했다.

카레면 된다고 생각하는 상급 부대들 때문이었다.

"그래서 아예 빼 버린 건가?"

"예, 그렇습니다. 대신 달걀을 삶아 기름에 굴리듯 구워 부족한 반찬들과 건더기를 대신했습니다. 이렇게 하면 계란 프라이까지는 아니더라도 더 맛있는 계란 요리를 먹을 수 있고 계란 프라이보다는 손이 덜 가니 취사병들도 훨씬 더 빠르게 음식을 준비할 수 있기 때문입니다."

"그렇군. 확실히 취지는 좋아. 하지만 늘 말했듯 맛이 중요하네."

"맛이 가장 자신 있습니다."

전찬영의 자신만만한 표정.

그러나 자리에 있는 거의 대부분이 군대 카레에 대한 선입견이 있어서 그런지 별로 기대를 하지 않았고 이어서 이원영을 필두로 시식이 시작되었다.

이윽고 이원영이 카레를 한입 먹은 순간이었다.

"으음?"

이원영의 미간에 미(美)자가 급격히 생겨난다.

이원영뿐만이 아니었다.

박희재도, 다른 심사위원들도 모두가 마찬가지였다.

"맛있네?"

"맛있어?"

"어라?"

"오."

모두가 입을 모아 하는 말들, '맛있다'.

물론 그렇게 특출 나게 맛있는 건 아니었다.

하지만 군대 카레와 비교했을 때 훨씬 더 깊고 부드럽고 단게, 이렇게만 나오면 앞으로 카레는 맛있게 먹을 수 있겠다는 생각이 절로 들었다.

계란도 마찬가지였다.

갈빛으로 구워진 삶은 계란은 고작 표면만 바짝 익혔을 뿐인데 생김새도 신선하고 카레와도 궁합이 잘 맞았다.

불호는 없었다.

당연했다.

호불호가 갈리는 식재료를 전부 빼고 맛있는 향신료와 거의 없어지다시피 할 때까지 볶은 양파로만 맛을 냈으니 당연히 맛있을 수밖에.

전찬영이 미소를 유지하며 말을 이어 나갔다.

"당근과 감자를 사용하지 않았기 때문에 기존의 카레보다 제작 단가가 훨씬 더 줄었습니다. 물론 제가 단가를 낮춘다고 해도 군 급식에 큰 의미는 없겠지만 그래도 식재료를 아낀 만큼 다른 식사 때 더 나은 퀄리티의 요리를 제공할 수 있을 것 같습니다. 예를 들어 카레에서 아낀 감자를 감자전이나, 메시드 포테이토 같은 요리를 해서 말입니다. 하다못해 바로 쪄서 내놔도 기존의 식사보다 훨씬 더 풍족해질 것으로 사료됩니다."

구구절절 맞는 말들.

그 말에 다른 병사들이 속으로 탄식하며 고개를 숙였다.

그도 그럴 게 다른 병사들은 원래도 맛있는 요리를 더 맛있게 개량한 것들뿐이었으니까.

예컨대 햄 찌개에 다른 햄 사리를 더 추가한다거나 하는 식으로.

"이상입니다."

전찬영의 설명이 끝나자 대한은 미소를 지었다.

이 게임.

안 봐도 전찬영이 우승이었다.

인기 없는 메뉴를 맛있게 바꾸었다는 것만으로도 이번 대회의 취지에 가장 적합했으니까.

이윽고 심사위원들이 점수를 적어 내려가기 시작했고, 결과 또한 딜레이 없이 금방 발표되었다.

발표는 이원영이 맡았다.

"제1회 대대장배 요리 대회 우승자는……."

늘어지는 말꼬리.

이어서 이원영이 전찬영을 힐긋 보더니 피식 웃으며 말했다.

"전찬영 일병의 카레."

"예쓰으!"

우승자로 전찬영이 호명되자 전찬영을 비롯한 전찬영의 측근들이 전찬영을 진심으로 축하해 준다.

질투는 없었다.

취사병들은 모두 다 사이가 좋았으니까.

또한 전찬영의 요리가 여러모로 납득되었기 때문에 더더욱 반박할 수가 없었다.

이어서 이원영의 칭찬이 이어졌다.

"축하하네. 심사위원들 모두 만장일치로 만점이 나왔어."

"감사합니다!"

"그럼 대대장?"

"예, 단장님."

이원영은 자신이 마무리하고 싶었으나 그래도 이번 대회는 대대장배 요리 대회였기에 포상 휴가 수여만큼은 박희재에게 넘겼다.

이어 박희재가 전찬영과 악수를 나눈 뒤 전찬영을 크게 칭찬했다.

"혁신이란 이런 거지. 너무 특별하지 않으면서 일상에 자연스럽게 스며들 수 있는. 앞으로도 무궁한 발전을 기원하겠네."

"감사합니다!"

"자, 자, 그럼 다들 주목."

"주목!"

박희재의 축사가 끝나자 다시 이원영이 모두의 시선을 모았다.

"갑자기 진행된 대회라곤 하지만 막상 해 보니 참 좋은 것 같네. 그래서 이번엔 내 주최 하에 요리 대회를 한번 열어 보려고 하니 다들 항상 긴장하고 창의력과 실력 향상에 힘쓰도록. 정확한 날짜는 추후 공지하겠다. 이상."

역시 이원영.

병사들의 좋은 반응을 확인하자마자 바로 단장배 요리 대회를 추진했다.

그 말에 수상하지 못한 취사병들이 희망을 엿봄과 동시에 더욱 더 의지를 활활 태우기 시작했다.

고종민은 준비해 온 카메라로 박희재가 포상 휴가를 전달하는 장면을 촬영했고 그렇게 제1회 요리 대회는 성공리에 끝날 수 있었다.

요리 대회가 끝난 뒤, 뒤에서 구경하던 중대장들과 최진철은 그제야 숟가락을 들고 출품작들을 시식하기 시작했다.

"이게 왕갈비 통닭이었지?"

"오, 맛있다."

"이건 팔아도 될 것 같습니다."

"이야, 확실히 카레 맛이 다르네."

"카레 전문점 수준인데?"

여기저기서 터지는 감탄사들.

덕분에 오늘 점심은 다들 안 먹어도 될 듯했고 얼마간의 내부 회의를 걸친 끝에 중대장들은 추가로 3명을 더 뽑아 특별상으로 중대장 포상들을 부여했다.

'다들 좋아하니 다행이네.'

대한은 뒤에서 그 광경을 흐뭇하게 바라보며 속으로 고개를 끄덕였다.

그런 다음 포상 휴가증을 보고 싱글벙글 웃고 있는 전찬영에게 다가가 조용히 축하해 주었다.

"축하한다, 찬영아. 난 네가 우승할 줄 알았다."

"감사합니다, 소대장님! 덕분에 옛날 생각도 나고 다시 피가 끓는 것 같습니다."

"그럼 다음 단장님배 요리 대회 때도 우승할 수 있지?"

"그랬으면 좋겠지만 사실 이번엔 운이 좀 좋았던 것도 있습니다."

"운이 좋았다니?"

이게 겸손이라는 건가?

그러나 전찬영은 진심이었다.

"이번에 휴가 나간 취사병들 중에 단 취사병으로 강성재 상병이라고 있는데 그 아저씨가 요리를 진짜 잘합니다."

"강성재? 처음 들어 보는 것 같은데."

"그 아저씨는 정말 전설입니다. 성격도 조용조용하고 붙임성도 좋은 게 완전 천재입니다. 꼭 누군가한테 컴퓨터처럼 육성받고 있는 것 같달까…… 그러니 저도 강성재 상병한테 안 지려면 더더욱 열심히 노력해야 될 것 같습니다. 이런 말하긴 좀 뭣하지만 이젠 제가 명실상부 대대 대표 취사병 아니겠습니까?"

"그렇긴 하지. 그나저나 보기 좋다야. 그럼 앞으로도 최선을 다 할 수 있도록."

"넵, 충성! 이 은혜는 절대 잊지 않겠습니다, 소대장님."

"고마우면 나중에 네 가게에 초대나 해 줘."

"여부가 있겠습니까!"

이젠 정말 대회가 끝났다.

대한은 곧 들이닥칠 병사들을 대비하기 위해 고종민을 도와 서둘러 뒷정리를 시작했다.

"고맙다, 대한아. 안 도와줘도 되는데."

"아닙니다. 저 때문에 할 일이 더 생기셨는데 어떻게 안 도울 수가 있겠습니까. 사실 따지고 보면 선배님이 절 도와주시는 것이나 마찬가지입니다."

"대한이 넌 역시……."

같은 말이라도 어떻게 하냐에 따라 다르다.

고종민은 다시금 짐짓 감동한 표정으로 대한을 바라보더니 이내 헛기침을 하며 말했다.

"큼큼, 대한아. 근데 자꾸 오해하는 것 같은데 난 이런 거 하나도 귀찮다고 생각 안 한다."

"저도 선배님께서 그렇게 생각하신다고 생각한 적 한 번도 없습니다."

"아냐, 진짜야. 오히려 고마움을 느끼고 있어. 사실 진급하고 싶어서 힘든 인사과장 자리로 들어온 건데 일을 하면 할수록 단에서 군 생활 시작 못 한 게 참 아쉽더라고. 근데 네가 자꾸 이런 행사들을 만들어 주니 정말 고맙게 느껴져서 그래."

말 그대로였다.

미운 놈은 더 미워 보이고 예뻐 보이는 사람은 더 예뻐 보인다고.

대한을 예쁘게 보기 시작하니 이젠 모든 것들이 긍정적으로
해석되기 시작했다.

물론 대한도 그렇게 생각했다.

'사실 틀린 말이 아니긴 하지. 진급은 상급자 눈에 잘 띄어야
지휘추천을 받을 수 있는 거니까.'

장기나 진급 심사를 할 때 가장 중요한 건 당연히 지휘추천
이었다.

지휘관으로서 자신이 직접 보고 판단해야 한다는 취지였지
만 문제는 잘 보지 못하는 하급 부대의 간부까지 상급 부대의
장이 평가를 한다는 것.

그러니 고종민의 경우엔 단장한테 잘 보여야 하는데 단이 아
닌 하급 부대인 대대에서 근무하고 있다 보니 잘 보일 기회가
상대적으로 적었다.

물론 일을 잘한다면 상급 부대에서도 알 수 있겠지만, 군대
같은 보수적인 집단에서 그 정도로 튀어 보이기는 힘든 게 현실
이었다.

'괜히 진급 자리라고 불리는 자리들이 있는 게 아니지.'

그리고 그런 자리들은 항상 인기가 많아 좀처럼 차지하기가
힘들다.

대한도 그런 자리에 앉기 위해 늘 노력했지만 항상 선배에게
밀리거나 육사 후배에게 밀렸으니까.

그렇기에 고종민의 심정이 십분 이해되었고 그런 고종민을

가엾게 여겨 오히려 위로해 주었다.

"그럼 앞으로도 단과 함께할 수 있는 행사가 뭔지 저도 많이 고민해 보겠습니다."

"그래, 고맙다. 슬슬 마무리된 것 같은데 담배나 한 대 피울까?"

"좋습니다!"

두 사람이 사이좋게 이야기를 나누며 흡연장으로 이동한다.

✳

점심 식사 후, 대한은 여유 있게 행정반으로 복귀했다.

행정반 문을 열자 황재우가 작업하다 말고 자리에서 일어나 바로 경례를 올렸다.

"충성!"

"뭐야, 왜 이렇게 오버해? 너 뭐 이상한 거 하고 있었냐?"

"아닙니다. 그냥 반가워서 그런 겁니다."

"싱겁긴. 그나저나 보급관님이랑 재훈이는?"

"보급관이랑 같이 창고에 물자 확인하러 갔습니다."

"물자 확인? 아."

그때 잠시 잊고 있었던 게 하나 떠올랐다.

그것은 바로 '전투 장비 지휘 검열'.

부대마다 다른 것 같긴 하지만 대한의 경우엔 줄여서 '전지검'이라고 부르는 행사였는데 1년에 한 번씩 꼭 행해지는 군용 장비에 대한 검열이었다.

'뭔가 일정이 좀 빡빡한 것 같네.'

묘하게 행사의 연속인 것 같은 기분.

'곽주진 그놈만 아니었으면 좀 널널했을 텐데.'

새삼스레 다시 화가 났다.

그러나 어쩌랴.

이미 엎질러진 물이고 지나간 일인데.

'뭐, 그래도 바쁜 건 내가 아니라 보급관이겠지만.'

그도 그럴 게 전지검은 사실 중대의 보급을 담당하는 행정 보급관을 평가하는 검열이나 마찬가지였으니까.

그런 의미에서 전산에 올라가 있는 장비는 모두 완벽해야 했는데, 예컨대 총기를 비롯한 지급받은 모든 장구류들이 검열을 받을 때만큼은 모두 다 A급이어야만 했다.

그러니 아마 박태록은 오늘부터 퇴근을 못 하게 될 터.

'뭐, 알아서 잘하시겠지.'

대한이 박태록에 대해 걱정하기도 잠시, 장난기 가득한 얼굴로 황재우에게 말했다.

"근데 넌 왜 여기서 놀고 있냐?"

"노는 거 아닙니다! 저 계속 장비 파일 정리하고 있었습니다."

정말이었다.

황재우의 모니터에는 중대 물자 현황이 적혀 있는 엑셀 파일이 띄워져 있었는데 혹시 몰라 알트탭까지 눌러 봤으나 정말 일만 하고 있었다.

"정말이었군. 근데 그거 아냐? 네가 이번 주에 컴퓨터 만질 수 있는 시간은 어쩌면 지금이 마지막일 수도 있다는 거?"

"그게 무슨 말씀이십니까?"

"크큭, 직접 겪어 보면 알게 될 거다."

전투 장비 지휘 검열의 강도는 부대마다 약간의 차이가 있다.

왜냐면 보급받는 장비들이 전부 달랐으니까.

그렇기 때문에 크고 아름다운 장비를 사용하는 보직이나 부대일수록 그 난이도가 기하급수적으로 올라가는데 공병대가 바로 대표적인 예였다.

대한이 위로 차원에서 황재우의 어깨를 토닥여 주며 말했다.

"일은 배울 수 있을 때 힘들게 배우는 게 최고지."

"자, 자꾸 무섭게 왜 그러십니까."

"됐고, 요즘 종찬이 근황은 좀 어떠냐?"

그러고 보니 최종찬 이 자식.

할머니랑 자주 안부 전화 주고받는다고 들었던 것 같은데 아직 할머니 건강검진 받으셨다는 소식을 못 들었나?

소식 듣자마자 바로 달려와서 고맙다고 할 줄 알았는데…….

대한의 물음에 황재우가 갑자기 저자세를 취하며 말했다.

"죄송합니다. 검정고시 관련해선 아직 공부 시작도 못 했습니다. 변명처럼 들리실 수도 있겠지만 동원 훈련 끝나고 나서부터 워낙에 바빴던지라……."

"아냐, 이해해. 안 그래도 나도 슬슬 공부 좀 시켜 볼까 해서 너한테 운 띄워 본 거니까."

"그렇게 말씀해 주셔서 감사합니다. 근데 걱정되는 게 하나 있습니다."

"걱정? 뭔데?"

"슬슬 종찬이 공부시킬 때가 됐긴 한데 그…… 종찬이랑 철권 하던 병사들 있지 않습니까?"

"걔네가 왜?"

"그 사람들이 틈만 나면 종찬이 데리고 철권을 하려고 해서 과연 개인정비 시간에 공부할 수 있을지가 의문입니다."

아.

그러고 보니 그런 문제가 있었지.

하지만 그건 별로 걱정되지 않았다.

미리 생각해 둔 수가 있었으니까.

"그건 걱정 안 해도 돼. 나한테 좋은 수가 있으니까."

"오, 정말이십니까?"

"그래. 그런 의미에서 나 좀 어디 갔다 온다."

"옙! 다녀오십쇼! 충성!"

생각나면 바로 이행하라고 대한은 즉시 대대 인사과로 향했다.

얼마 뒤, 인사과에 도착한 대한은 빠르게 문을 두드렸다.

"예, 들어오……."

"충성! 선배님!"

"아, 놀래라. 무슨 일이야."

"단과 대대가 함께할 수 있는 행사를 찾았습니다."

"……벌써?"

빈말인 줄 알았더니 벌써?

아니, 그보다 이제 막 요리 대회 끝났는데?

그러나 대한에게 고종민의 평화 같은 건 별로 중요하지 않았다.

전투화까지 벗고 여유로이 티타임을 즐기고 있던 고종민이 다시 전투화를 신으며 말했다.

"그, 그래. 일단 앉아라. 뭔지 일단 한번 들어나 보자."

"예, 선배님. 그건 바로…… 철권 대회입니다!"

그 말에 순간 고종민의 미간이 좁혀졌다.

"……철권? 용사의 방에 있는 그 철권?"

"예, 맞습니다."

"그걸로 대회를 하자고?"

"예, 병사들 중에 신청자들을 받아서 리그를 여는 겁니다. 프로 스포츠처럼 말입니다."

대한이 미리 생각해 낸 묘수.

그것은 바로 부대 내 철권 리그였다.

'개네가 자꾸 최종찬을 찾는 건 최종찬한테 한 수라도 더 배워서 자기들끼리 서열을 가리기 위함이지.'

얼핏 보면 최종찬을 꺾고 싶어 하는 것처럼 보이지만 그것은 병사들 내에서도 최상위 티어들한테나 해당되는 말이었고 실질적인 이유는 바로 철권 과외를 받기 위함.

과외를 받으려는 것도 자기들끼리 서열을 정하기 위해서였다.

철권만큼은 계급장 떼고 붙을 수 있는 군대 내 몇 안 되는 오락거리 중에 하나였으니까.

그러니 리그를 열되 거기서 최종찬을 제외시킨다면 다들 옳다구나 참여할 것이 분명했다.

하나 고종민의 생각은 좀 달랐다.

"아니, 대한아. 의도는 좋은데 철권이 운동이나 요리도 아니고 고작해야 오락인데 대대장님이 좋아하시겠냐?"

"예, 분명히 허락해 주실 겁니다."

"근거는 있고?"

"대대장님 스타크래프트 되게 좋아하십니다. 그래서 게임 쪽으로는 좀 열려 있으십니다."

"……그래? 나도 몰랐던 사실인데 넌 어떻게 알았냐?"

"저도 저번에 우연찮게 들은 겁니다. 그리고 말년이시라 많이 심심하기도 하실 거고 무엇보다도…… 아까 요리 대회 때 선배님도 들으셨지 않습니까, 단장님이 대대장님한테 은근히 도 발하시는 거.”

도발.

우리 같은 오래된 사람들은 이런 대회는 생각도 못 한다는 말.

고종민도 이원영이 했던 말을 떠올리며 고개를 끄덕였다.

“아…… 그렇긴 하지.”

“그래서 가능성이 있다고 생각했습니다. 이제 요리 대회는 단장님배로만 열릴 텐데 대대장님이 직접 주최하셨다는 명분 이 생기시면 단장님 한 방 먹이실 생각에 바로 승낙해 주실 겁 니다.”

“음…….”

“또 다른 근거들도 있습니다.”

“또 있다고?”

“예. 이번 요리 대회에 포상 휴가가 걸렸다는 소식을 들은 다 른 병사들이 자기들도 그런 대회나 기회를 가지게 해 달라는 목 소리를 내고 있다고 하면 형평성 때문에라도 열어 주실 것 같습 니다.”

“그건 좀 말이 되네.”

“그리고 요즘은 구기 종목보다 E-스포츠가 대세라고 한 말 씀 흘려주시면…….”

“아, 대대장님이 또 요즘 것들이나 핫한 거, 이런 걸 좀 못 참긴 하시지."

"예, 목소리를 내는 병사들 중에 평소 축구 같은데 못 나와서 이런 행사만 벼르고 있었다는 애들도 있다고 말씀드리면 더 좋을 것 같습니다."

대한의 말에 고종민은 어느 순간부터 자기도 모르게 납득하여 고개를 끄덕이고 있었다.

이제는 쐐기를 박을 차례.

"제가 선수 명단도 종합해서 드리겠습니다. 애들 참여율이 높으면 분명 대대장님도 흔쾌히 허락하실 것 같습니다."

"그래, 그러자. 그 정도면 충분히 될 것 같다."

대한은 철권 대회에 대한 확신이 있었다.

그도 그럴 게 박희재는 생각보다 병사들을 많이 아꼈는데 단적인 예로 당장 전역을 앞두고 마지막 보직으로 그 힘든 대대장을 하고 있는 것만 봐도 그랬다.

'전역 전에 중령이 갈 만한 편한 보직도 많을 텐데 굳이 대대장을 하고 있는 것만 봐도 알 수 있는 부분이지.'

그때 고종민이 갑자기 우는 소리를 했다.

"하, 근데 이거 진짜 괜찮겠지? 막상 일 벌리려고 하니까 좀 무섭네."

"선배님, 진급하셔야 하지 않겠습니까? 용기를 내십쇼. 일단 뭐라도 해야 기적이 일어난다는 말이 있지 않습니까."

"그래, 네 말이 맞다. 어쩌면 네가 예쁨받는 게 그런 마인드 때문인 걸지도 모르겠네. 까짓 거 한 번 해 보자."

"예, 필요한 거 있으시면 제가 언제든지 도와드리겠습니다. 그래야 선배님도 나중에 절 끌어 주시지 않으시겠습니까."

끌어 주고 당겨 주고.

그 말에 고종민이 피식 웃으며 용기를 냈다.

"그래. 네 말이 다 맞다. 근데 너 만약 한다면 꼭 인사과장해라. 내가 자료 잘 모아 놓고 갈 테니까."

"하하, 넵! 알겠습니다!"

오버스럽게 경례를 올려 보이는 대한.

됐다.

이로써 철권 리그를 위한 첫 삽은 뜨여진 셈이나 마찬가지.

안 될 거라곤 생각하지 않는다.

대한에겐 확신이 있었으니까.

'안 되면 중대장님이라도 꼬드겨서 열어 보지 뭐.'

중대원의 공부를 위해서라는데 이영훈이 반대할 리는 없을 테니까.

'그럼 이제 슬슬 종찬이 만나러 가 볼까?'

✳

대한은 그 길로 즉시 황재우와 최종찬을 불러 철권 리그부터 앞으로의 공부에 대한 이야기를 해 주었고 대한의 말을 들은 최종찬이 아쉬운 기색을 표했다.

"와, 포상 휴가가 걸려 있으면 저도 참가하고 싶습니다."

"안 돼, 인마. 너 빼내려고 연 건데 네가 거기 끼면 어떡해?"

"하핫, 그냥 아쉬워서 한번 해 본 말입니다."

"그래, 인마. 그리고 넌 검정고시 합격하고 그러면 어련히 중대장님이나 대대장님이 포상 챙겨 주실 거니까 너무 부러워하지 마."

"예, 알겠습니다. 열심히 하겠습니다."

"그래그래, 그런 의미에서 이따 저녁에 용사의 방에 가서 철권 리그 참여 희망 인원 조사 좀 하자."

"저 혼자서 말씀이십니까?"

"걱정 마, 너의 선생인 재우가 도와줄 거니까. 그치 재우야?"

"최선을 다하겠습니다."

"그래. 포인트는 이거야. 이번 대회에 형평성을 위해 너는 빠진다는 거. 그래야 애들이 리그에 참가할 의욕이 생기지."

"예, 알겠습니다."

"좋아. 근데 종찬이 너, 요즘은 할머니랑 안부 전화 안 해?"

"하고 있는데…… 무슨 일 때문에 그러십니까?"

"그래? 아냐, 아무것도. 그냥 너 잘하고 있나 물어본 거야."

최종찬 성격상 모른 척 하거나 입 싹 닫을 것 같진 않은데 뭐지?

'이따 정식이한테 한번 연락해 봐야겠다.'

대한은 이어서 앞으로 최종찬의 공부 방향이나 공부법에 대한 간략한 설명을 시작했다.

사실 별로 어려울 건 없었다.

수능도 아니고 검정고시였으니까.

그때, 누군가 간부 연구실 문을 두드렸다.

"들어가도 되겠습니까?"

"어, 들어와."

문을 열고 들어온 이.

다름 아닌 옥지성이었다.

"오, 지성아. 무슨 일이냐?"

"다름이 아니고 오랜만에 축구나 한번 같이하자고 말씀드리러 왔는데…… 근데 너네는 여기서 뭐 하고 있냐?"

"나랑 이야기 중이었지."

"헐. 근데 저는 왜 빼놓고 이야기하십니까? 섭섭합니다, 소대장님."

말 그대로였다.

옥지성은 같이 공이나 차자고 대한을 찾았다가 후임들이 모여 있는 걸 보고 자연스럽게 대화에 꼈다.

옥지성의 능청스러운 모습에 대한이 피식 웃으며 말했다.

"어쭈, 누가 앉으래? 축구하러 안 나가냐?"

"어차피 지금 나가도 바로 시작 안 합니다. 여기서 좀 놀다가 축구 시작할 때 나가렵니다."

"우리 진지한 대화 중이었는데?"

"무슨 헌팅 술집도 아니고 제가 오자마자 진지한 이야기한다고 그러십니까. 그러지 마십쇼, 저 PTSD 옵니다."

"너 많이 까여 봤구나?"

"흑흑, 왜 또 아픈 상처에 소금을 뿌리고 그러십니까. 그런데 무슨 이야기 중이셨습니까? 진짜 중요한 이야기면 얼른 나가 보겠습니다."

"아냐, 스터디 그룹에 대한 이야기 중이었어."

"스터디 그룹…… 말씀이십니까?"

"저번에 너한테도 말해 줬잖아. 혹시 너도 검정고시 칠 생각 있냐고."

"아, 검정고시 말씀이십니까…… 그럼 얘네 둘도 검정고시 보는 겁니까?"

"저만 봅니다."

옥지성의 물음에 최종찬이 손을 들었다. 그리고 황재우가 얼른 뒷말을 덧붙였다.

"그리고 제가 선생님입니다."

"재우, 네가?"

"재우도 인서울 출신이야. 그래서 말인데 넌 아직도 고민 중이냐, 지성아?"

"아, 저는……."

표정을 보아하니 분명 고민도 안 한 모양.

상관없다.

지금이라도 끌어들이면 되니까.

"너도 하자, 지성아. 나랑 재우가 최대한 서포트해 줄 테니까 군대에서 시간 남아돌 때 졸업장도 따고 하자. 저번에도 말했는지 모르겠는데 검정고시 붙으면 포상 휴가도 나온다."

"아, 그건 말씀하셔서 아는데…… 으음. 근데 제가 책상에 오래 앉아 있어 본 적이 없어서 좀 걱정입니다."

"다 연습하면 되는 거지. 재우가 책임지고 잘 가르쳐 줄 테니까, 걱정하지 마. 같이해 보자. 지성아. 너도 무지성 소리 듣긴 싫을 거 아냐?"

"엇, 제 동네 별명이 무지성인데 어떻게 아셨습니까?"

"어, 진짜였냐. 미안."

그냥 농담 한번 해 본 건데 진짜였다니.

이래서 사람은 말조심을 해야…….

크흠.

대한이 헛기침을 하며 말했다.

"아무튼 같이하는 게 어때? 축구도 좋지만 길게 보면 공부가 더 남아 인마. 그리고 하는 김에 할 수 있다면 수능도 보고."

"수능…… 말씀이십니까?"

"그럼 고졸로 끝낼 생각이었어? 종찬이도 대학 간다는데?"

"대학……."

대한의 말에 옥지성의 머릿속으로 잠시나마 캠퍼스 라이프가 펼쳐졌다.

그러나 분홍빛 미래를 상상하기도 잠시, 옥지성이 머리를 좌우로 흔들며 어색하게 웃었다.

"아, 캠퍼스 라이프도 좋긴 한데. 저희 집이 대학 갈 여력은 또 없습니다. 아직 집에 빚도 조금 남았고 말입니다."

그 말에 대한의 눈이 순간 반짝였다.

"그럼 만약 등록금이랑 생활비 지원 나오면 대학 가냐?"

"등록금이랑 생활비 지원이 나오면…… 네, 뭐…… 그땐 도전해 봐도 되지 않겠습니까?"

그 말에 최종찬과 황재우, 그리고 대한의 시선이 순간 교차했고 셋 다 입가에 미소를 머금었다.

"너 그럼 지금이 진짜 기회야. 내가 아는 장학재단이 있는데 종찬이도 그쪽으로 장학 지원 받을 수 있게 추천하기로 했거든. 만약 너도 한다고 하면 같이 넣어 줄게."

"엇, 정말이십니까? 그럼 해 볼만 할 것 같습니다. 근데 장학 지원 그거 정말이십니까?"

"내가 언제 빈말하는 거 봤냐? 아까 캠퍼스 라이프 어쩌고 하더니 너도 사실 대학은 가고 싶잖아?"

"사실 그렇긴 합니다. 드라마 같은데 보니까 다들 대학 생활이 즐거워 보여서…… 그럼 까짓 거 수능도 한번 보겠습니다."

"좋아, 약속 무르기 없기다. 너 중간에 포기하면 징계 먹일 거야. 근데 넌 무슨 과 가고 싶냐?"

"과…… 말씀이십니까?"

"그래 대학 학과. 넌 뭐, 노가다 잘하니까 토목? 건축?"

그 말에 옥지성이 미간을 좁히며 말했다.

"왜 또 아픈 상처에 소금을 뿌리고 그러십니까, 제게도 꿈은 있었습니다."

"그, 그러냐? 미안하다. 무슨 꿈인데?"

"전 간다면 간호학과를 가고 싶습니다."

"간호?"

"예."

"왜?"

"거기 가면 여자 동기가 많이 생길 것 아닙니까."

"……."

"……."

"……."

옥지성의 말에 세 사람은 일순 침묵했다.

대한이 물었다.

"농담이지?"

"진담입니다. 그리고 드라마 보니까 남자 간호사들이 그렇게 멋있어 보였습니다. 의사는 제가 감히 넘볼 수가 없으니 전 간호사 하겠습니다."

"……간호사도 의사만큼은 아니지만 공부 진짜 많이 해야 되는 건 알지? 특히 영어랑 암기."

"에이 그래도 제가 영어는 좀 했습니다."

"그래? 그럼 오렌지가 영어로 뭐야?"

"아, 소대장님. 저 너무 무시하시는 거 아닙니까?"

"그래서 뭔데?"

"……델몬트?"

"…….''

"…….''

"…….''

아무래도 옥지성의 진로는 많은 상담을 통해 차차 잡아 줘야 할 것 같다는 생각이 들었다.

Chapter 2

다음 날.

드디어 본격적인 전투 장비 지휘 검열이 시작되었다.

"좋은 아침이네."

"예! 좋은 아침입니다."

중대 행정반 앞.

일과가 시작되자 이영훈이 중대병력들에게 상쾌한 목소리로 인사했고 병력들도 산뜻하게 대답했다.

동원 훈련이 끝난 이후, 꽤 평화로운 나날들의 연속이었기 때문이다.

이영훈이 맑은 눈으로 말했다.

"다음 주에 전투 장비 지휘 검열 있는 거 다 알지? 경험해 본 사람도 있고 처음 해보는 사람도 있을 텐데 별로 안 쫄아도 된다. 쉽게 설명하면 그냥 저 위에 높으신 분이 내려와서 이 부대가 전투준비가 잘되어 있는지, 부대가 이상 없이 잘 돌아가고 있는지를 하나씩 체크하는 것뿐이니까. 어때, 쉽지?"

"예! 그렇습니다!"

"좋아! 그럼 항상 하던 대로 깨끗하게 정돈된 여러분들을 준비하면 된다. 그리고 지금부터 보급관님의 통제하에 확실히 움직이도록, 보급관님?"

이영훈의 말에 뒤에 서 있던 박태록이 옅게 한숨을 내쉬며 앞으로 나왔다.

"아이고 중대장님…… 그렇게 말씀하시면 모르는 애들은 진짜 간단한 건 줄 알지 않겠습니까."

"에이, 겁부터 주는 것보단 낫지 않겠습니까."

"그것도 그렇긴 한데…… 자, 주목!"

박태록이 피곤함 가득한 말투로 설명을 잇기 시작했다.

"거…… 해 본 놈들은 알지? 이거 절대 쉬운 거 아니다?"

그 말에 전지검을 경험해 본 선임 병사들의 표정이 썩어 들어가기 시작했고 급작스레 바뀌는 분위기에 전지검을 경험해 보지 못한 후임병들도 눈알을 굴리기 시작했다.

"개인 화기를 기준으로 가스 조절기 상태, 공이 상태, 심지어 소총 덮개를 분해했을 때도 먼지 하나 없어야 할 만큼 완벽해야 된다. 내 말 무슨 말인지 알지?"

"예!"

"가라 치는 놈들은 알아서 해라, 내가 가만 안 둘 테니까. 그럼 지금부터 총기함 다 열어 놓을 테니 각자 생활관으로 개인 총기 챙겨서 정비 시작하도록. 마지막 검사는 내가 할 테니까 나한테 가져오고."

빈말이 아니었다.

보급관의 역량을 체크하는 검열 중에 하나가 바로 전지검이니 만큼 박태록은 간부들을 풀어 수시로 이곳저곳을 점검할 예정이었다.

그도 그럴 게 이번 전투 장비 지휘 검열을 잘 넘기지 못한다면 또다시 원사 진급이 누락될 게 분명했으니까.

이윽고 병사들이 흩어졌고 이영훈이 대한을 불렀다.

"대한아, 이따 같이 총이나 닦자."

"예, 알겠습니다. 중대장님 총 간부 연구실로 가져다 놓겠습니다."

"오냐, 그나저나 이번에는 얼마나 빡세게 보려나……."

"걱정되십니까? 그래도 저희 중대에는 큰 장비가 많이 없지 않습니까."

"큰 건 없지만 지뢰탐지기랑 방호 장비가 문제지. 그놈들은 어젠 괜찮다가도 오늘 고장 나는 애들이니까."

"그래도 어제 확인해 보니 전부 다 작동 잘됐습니다."

"다행이네. 단에 가서 빌려 올 건 없겠어."

전지검은 겉만 멀쩡해 보여선 안 됐다.

이영훈의 말처럼 작동도 완벽하게 되어야 했으니까.

하지만 장비라는 게 바로 고칠 수 있는 게 아니라 미리미리 확인해 두어야 했다.

그래야 다른 부대에서 빌려 오든가 할 수 있으니.

간부 연구실로 이동하기 전, 이영훈이 박태록에게 물었다.

"보급관님? 창고는 더 작업할 거 없습니까?"

"아, 예. 제가 동원 훈련 내내 재훈이 데리고 미리 작업해 놔서 병력들 총기만 완벽하면 될 것 같습니다."

"역시 우리 보급관님, 철저하십니다."

"하하, 아닙니다. 다른 중대 보급관들도 칼을 갈고 있을 건데 저도 열심히 해야 하지 않겠습니까. 다른 것도 아니고 전지검인데 말입니다."

"하긴 그것도 그렇죠. 그래도 혹시나 손 모자라면 말씀해 주십쇼. 저희도 총 깔끔하게 닦고 있겠습니다."

이영훈의 말에 박태록이 든든하다는 표정으로 고개를 끄덕이며 웃어 보였고.

이영훈은 총기 손질 전 담배 한 대 피우고 시작하기 위해 대한과 함께 흡연장으로 향했다.

이영훈이 입에 담배 한 개비를 물며 말했다.

"아, 맞다. 야, 오늘 너 때문에 나 대대장님한테 깨졌던 건 아냐?"

"저 때문에 말씀이십니까?"

"그래 인마, 네가 휴가 하루 반납해서 깨졌잖아."

아.

또 무슨 소릴 하나 했네.

그 말에 대한이 피식 웃으며 말했다.

"에이 거짓말하지 마십쇼. 솔직히 칭찬 들으신 거 아닙니까?"

"사실 맞아. 대대장님이 너 칭찬 엄청 하시더라."

말 그대로였다.

대한은 휴가를 하루 반납했는데 반납한 휴가는 저번에 동원훈련 강평에서 박희재에게 직접 받은 일주일짜리 휴가를 말했다.

정확히는 연가 2일과 대대장 포상 3일.

'주말까지 붙이면 일주일 맞지 뭐.'

하지만 대한은 그중 하루를 반납했다.

이유는 전투 장비 지휘 검열 때문.

대한이 넉살 좋게 웃으며 말했다.

"전투 장비 지휘 검열을 하는데 소대장이 빠지면 안 되지 않겠습니까."

"그래, 그것도 맞는 말이긴 하지. 그나저나 이 자식, 아무리 그래도 휴가 반납은 쉬운 결정이 아닐 텐데 에잇 기분이다, 이 담배 너 펴라."

"저 비흡연자입니다, 중대장님."

"어어? 상관의 명령에 불복종해?"

"이거 부조리입니다? 저 폰에 헌병대장님 번호 있습니다?"

"앗, 버스터 콜은 안 되지. 쏘리쏘리."

"하하, 휴가 출발 전까지 소대원들 총기 새것처럼 만들어 놓고 가겠습니다."

"좋은 마음가짐이다. 오늘 퇴근하자마자 바로 출발하냐?"

"예, 짐만 좀 정리하고 바로 출발 할 것 같습니다."

"나갈 때 같이 나가자. 하양역까지 데려다줄 테니까."

"앗, 아닙니다, 안 그러셔도 됩니다."

"야, 대대장님 지시 사항이야. 밥은 못 사 주더라도 역까진 꼭 데려다주라고 하시더라."

"넵, 그럼 알겠습니다."

귀찮게 됐네.

그냥 택시 불러서 가면 집까지 한방인데 이렇게 되면 하양역에서 또 택시 불러야 하잖아⋯⋯.

하지만 그런 소리는 일체 하지 않고 그냥 박희재와 이영훈의 배려를 즐기기로 했다.

전생에는 전혀 받아 보지 못한 배려들이었으니까.

얼마 뒤, 흡연 동행을 마친 대한은 행정반에서 간부들 총기를 모두 다 챙겨 간부 연구실로 갔다.

간부들 총기 손질 자체는 별로 어렵지 않았다.

간부들 총기는 애초에 A급들뿐이라 먼지를 털어 내는 것 외엔 별로 할 게 없었으니까.

총기 손질을 마친 대한이 자리에서 일어나 몸을 풀기 시작했다.

'그럼 이제 진짜 총기 손질을 하러 가 봐야겠군.'

총기 손질은 이제부터가 진짜였다.

대한은 우선 문이 열려 있는 1생활관부터 들어가 보았다.

1생활관에는 혼자뿐인 연성목이 총기를 모두 분해해 열심히 닦고 있었다.

"우리 성목이, 잘하고 있나?"

"충성! 예, 기름때만 닦아 내면 될 것 같습니다."

"어디 보자."

대한이 연성목의 총을 들어 이리저리 둘러보며 확인했고 흡족함에 고개를 끄덕였다.

"녹슨 곳도 없고 좋네. 다른 장구류는 이상 없나?"

"총기수입만 마무리하고 탄띠 세척하러 가려고 합니다."

"그래, 총기수입 끝나면 나한테 검사 맡으러 와. 총 계속 들고 다니면서 움직일 순 없잖아? 총기함에 넣어 줄게."

훈련도 아닌 평시였지만, 총을 놔두고 움직이는 건 있을 수 없는 일.

그러니 총기를 메고 다니던 들고 다니던 해야만 했고 그런 상황에 다른 일을 하기란 상당히 불편했다. 그래서 센스 있게 미리 넣어 주겠다고 한 것.

그 말에 연성목이 환한 표정으로 대답했다.

"역시 소대장님이십니다! 감사합니다!"

"그래, 그래."

1생활관은 된 것 같고…….

대한은 뒤이어 맞은편에 있는 2생활관으로 들어갔다.

"쉬어. 충성!"

"어어, 됐어. 하던 거 계속해."

대한은 생활관 내부를 둘러보던 중 울상이 된 인원을 한 명 발견할 수 있었다.

미래의 간호사…… 아니, 미래의 대학생 옥지성이었다.

대한은 옥지성 앞에 놓인 총 2정을 보고 그제야 미소를 지었다.

'저기 있었네.'

옥지성의 앞에 놓인 총 2정.

하나는 익숙한 K2였고 하나는 M60이었다.

그것도 부대에서 제일 낡은.

대한이 옥지성 옆에 앉아 씩 웃으며 말했다.

"아이고, 우리 지성이. 네가 이거 갖고 있었구나?"

"하, 소대장님…… 진짜 죽을 맛입니다. 이거 진짜 안 닦입니다."

M60 기관총.

소대지원화기로 운용되는 기관총으로 각 소대별로 사수와,

부사수가 정해져 있는데 보통은 이전 M60 사수가 전역하는 타이밍에 들어온 신병이 M60 부사수가 되는 것이 암묵적인 룰이었다.

'기존의 부사수는 사수가 되는 거고.'

이런 룰이 생긴 건 M60의 무거운 무게 때문인데 10kg이 넘는 총기를 들고 싶은 사람은 아무도 없을 테니까.

그러니 옥지성이 불만을 토해 내는 것도 당연한 일.

심지어 M60은 전투 장비 지휘 검열에서 가장 털리기 쉬운 것들 중 하나라 박태록이 일부러 옥지성에게 당부까지 하고 갈 정도였다.

옥지성이 연이어 우는 소리를 했다.

"소대장님, 인간적으로 이걸 어떻게 새것처럼 만들 수 있겠습니까? 이런 건 고물상에서도 안 받아 줄 겁니다."

"아닐 걸? 고물상에선 받아 줄 걸?"

"아니 말이 그렇다는 건데…… 야, 훈아. 총열에 있는 건 좀 지워졌냐?"

그 말에 M60 부사수인 김훈이 열심히 솔질을 하다 말고 넋이 나간 표정으로 대답했다.

"옥 상병님, 이거 좀 이상합니다."

"뭐가 이상해?"

"원래 녹이란 게 겉에만 슬어 있어야 되는 거 아닙니까? 근데 이건 녹을 아무리 날려도 끝도 없이 나오는 게 아무래도 총열이 통째로 녹슨 것 같습니다."

그 말에 옥지성이 한숨을 푹 내쉬며 자기 앞에 있는 M60을 들어 대한에게 보여 주었다.

"소대장님, 혹시 여기 제조일자랑 총번 보이십니까?"

"……아니?"

"전 원래 없는 줄 알았습니다. 근데 닳아서 없어졌다는 게 말이나 됩니까?"

과장이 아니었다.

옥지성의 M60에는 정말로 총번이 보이지 않았으니까.

소대원들의 고통을 충분히 접수한 대한이 그제야 웃으며 말했다.

"그래서 내가 도와주러 온 거잖냐."

"엇, 혹시 무슨 좋은 방법이 있습니까? 새 M60이라든지?"

"있겠냐? 하지만 마법의 스프레이가 있지. 훈아. 고생했다. 너도 솔질 그만하고 가서 세수 좀 하고 와. 갔다 오는 김에 행정반서 WD 좀 챙겨 오고."

그 말에 김훈이 얼른 일어나 생활관을 나갔고 그 모습을 본 옥지성이 물었다.

"소대장님, 근데 그거 보급관님이 절대 쓰지 말라고 하셨는데 괜찮으시겠습니까?"

"왜? 총 안 좋아진다고?"

"맞습니다."

"총 안 좋아지기 전에 너희가 더 안 좋아질 것 같은데? 총기 손질 못 해서 털리는 것보단 차라리 WD 쓰고 털리는 게 낫지 않겠냐?"

"……어차피 직접 사격하는 걸 검사하는 것도 아닌데 최대한 깨끗하게 만드는 것에 집중하겠습니다."

"그래, 잘 생각했다. 나중에 총 안 나가면 그땐 바꿔 줄 거야. 그리고 그때가 온다 하더라도 너와 나는 이 부대에 없겠지. 안 그러냐?"

"예, 맞습니다. 역시 깨어 있으신 분이라 그런지 생각하시는 게 참 뛰어나신 것 같습니다."

M60 사격은 1년에 한 번 할까 말까한 수준으로 사격했다. 그러니 이런 문제들이 발생하는 것.

얼마 뒤, 김훈이 개운한 얼굴로 'WD-40'을 들고 나타났고 대한이 신문지를 바닥에 펼친 후 예비 총열을 위에 올려 두며 말했다.

"자, 시작하자."

대한은 예비총열 위에 좀 과하다 싶을 정도로 WD-40을 뿌린 후 말했다.

"창문 열고 좀 이따가 솔로 싹 문질러."

"오, 저 이렇게는 처음 해 보는데 이거 진짜 효과 좋습니까?"

"일단 이걸로 최대한 지워 보고 안 되는 건 가려야지 어쩔 수 없다."

"녹을 무슨 수로 가립니까?"

"…너, 상병 맞냐?"

"군대에서 녹 가리는 건 안 가르쳐 주지 않습니까?"

"인마, 검은색은 무조건 구두약이지. 짬을 어디로 먹은 거냐?"

어차피 박태록이 검사한다고 해도 손으로 직접 만질 리가 없었다. 그러니 구두약으로 가리자는 것.

물론 박태록은 가라치면 죽는다고 했지만……

'그것도 봐 가면서 쳐야지, 이건 어쩔 수 없다.'

대한의 말에 옥지성이 진심으로 감탄하며 고개를 끄덕였다.

"역시 장교는 아무나 하는 게 아닌 것 같습니다. 공병학교에선 그런 것도 가르쳐 주나 봅니다."

"뭐, 보급관님한테 걸릴 수도 있는데 그땐 네가 최대한 빌어."

"소대장님을 팔아야 덜 혼나지 않겠습니까?"

"감히 전우를 팔아? 그보다 개인화기는 좀 닦았냐?"

"저거 때문에 하나도 못 했습니다."

"귀찮다고 세탁기 돌리고 그러지 마라. 제대로 해, 제대로. 내가 일일이 검사한다?"

"에이, 어떤 미친놈이 세탁기에 총을 넣고 돌립니까? 저 그런 놈 아닙니다."

"그렇지?"

세탁기에 총 넣고 돌린 놈…….

있긴 있었다. 실제로 유명한 사건이기도 했고.

듣자 하니 지금처럼 전투 장비 지휘 검열을 앞둔 상태의 말년병장이었는데 결국 전역하고도 군법에 회부되어 재판을 받게 되었다.

그래서 혹시 몰라 당부한 것.

군대에는 상상도 할 수 없을 만큼 이상한 놈들이 많았으니까.

대한은 이어서 3생활관으로 이동했다.

3생활관에는 박태현과 양준규가 나란히 총기 수입 중이었는데 과연 병장은 병장이었다.

대한이 흡족한 표정으로 말했다.

"거의 마무리했네?"

"예, 뭐. 이거 오래 걸리는 거 아니지 않습니까."

"반납하고 준규나 도와줘라."

"엇, 반납해도 됩니까? 일부러 천천히 하고 있었는데."

"응, 총기함에 넣고 와."

"와, 총 들고 다녀야 해서 담배도 피우러 안 갔는데…… 알겠습니다. 빠르게 반납하고 준규 거 도와주겠습니다."

대한의 말에 박태현은 신난 얼굴로 총기를 반납하러 갔고 그 사이 대한은 양준규의 총을 집어 들었다.

"먼지가 왜 이렇게 많아? 혼자 각개전투 했냐?"

"동원훈련 때 숲에서 경계하고 이것저것 하다 보니 그렇게 된 것 같습니다."

"윤활유도 열심히 발라 놨나 보네. 흙이 덩어리로 뭉쳐서 굳었어."

"죄송합니다."

"뭐가 죄송해? 윤활유 발라서 총 관리한 건 잘한 거지."

"아, 그렇습니까?"

그때, 총기를 반납한 박태현이 다시 생활관으로 복귀했고 대한이 한마디 얹었다.

"야, 태현아. 애 총에 흙이 이렇게 많은데 진작에 좀 도와주지 그랬냐?"

"아, 흙 털고 있었구나. 뭐 하나 했네. 말을 하지, 에어건으로 털면 금방인데. 소대장님, 저 주십쇼. 금방 털어 가지고 오겠습니다."

박태현이 양준규의 총을 들고 생활관을 나서자 양준규가 어리둥절한 표정으로 대한을 쳐다봤고.

"양 프로, 총 따라가야지?"

"어? 아! 넵!"

양준규는 그제야 벌떡 일어나 박태현을 쫓아갔다.

그렇게 하루가 갔다.

퇴근 시간이 다가올 때쯤, 대한은 간부 연구실에서 일정 확인을 하고 있었는데 그때 이영훈이 들어오며 이상하다는 듯 대한을 쳐다보며 말했다.

"뭐 하냐? 퇴근 안 해?"

"아, 부대 일정 확인 중이었습니다."

"뭐, 휴가 나가서도 일과 준비하려고? 됐다, 됐어. 네가 무슨 중대장이냐? 얼른 가자, 차 막힌다."

"예, 알겠습니다."

두 사람은 함께 숙소로 이동했고 대한은 가볍게 채비한 뒤 주차장으로 내려왔다.

짐 챙길 건 별로 없었다.

끽해야 사복 몇 벌과 속옷, 그리고 양말이 전부.

대한의 짐을 본 이영훈이 물었다.

"짐이 그거뿐이냐?"

"예, 그렇습니다."

"아직 부대에 짐이 별로 없나? 난 휴가 나갈 때 캐리어 2개는 기본인데."

"전 애초에 짐이 별로 없어서 나중에 시간이 지나도 별로 없을 것 같습니다."

"참 군인이네."

"감사합니다. 근데 짐이 없는 것과 참군인이 무슨 상관이 있습니까?"

"부사관들은 한 부대에 10년이고 있을 수 있지만, 우린 1년에 한 번은 무조건 부대를 옮겨야 되잖아. 그때마다 이삿짐센

터를 부를 수도 없으니 짐은 최대한 작은 게 좋지. 부대 한 번이라도 옮겨 본 군인이라면 다들 공감할 걸?"

"그럼 중대장님도 저처럼 짐을 많이 안 늘리시면 되지 않습니까?"

"그게 말처럼 쉽냐? 군 생활 시작해서 달마다 옷 한 벌씩만 사도 대위 달 때쯤이면 40벌이 넘는다."

"옷을 매달 사십니까?"

"트레이닝복이나 사복 중에 하나씩은 사지? 계절마다 입는 옷이 바뀌잖아."

"아…… 전 항상 트레이닝복만 입어서 잘 몰랐습니다."

"내가 이상한 거냐? 학교 다닐 땐 어떻게 살았는데?"

"과잠이랑 학군단복 입고 다녔습니다."

"이야, 군 생활 잘해서 다 잘하는 줄 알았는데 패션에는 젬병이었구만. 너 그러면 인기 없어 인마. 여자 만나려면 옷도 사입고 해야지. 집에 돈도 많은 놈이 왜 그래?"

"역시 중대장님이십니다. 그럼 저번 소개팅은 잘되신 겁니까?"

"아니, 근데 이 새끼가……."

그쯤 차가 부대를 부드럽게 빠져 나가며 도로에 진입했다.

"그나저나 참 신기하네. 너 이번에 첫 휴가 아냐?"

"맞습니다."

"근데 왜 이렇게 얌전해? 난 첫 휴가 때 굉장히 신났었던 것 같은데."

아, 맞다.

이번이 첫 휴가였지?

회귀하고 쭉 연달아 군 생활을 해서 그런지 별로 체감이 안 왔네.

대한이 어색하게 웃으며 말했다.

"저번 주말에 나갔다 와서 그런 것 같습니다."

"음, 그럴 수도 있겠네. 하지만 아무리 그래도 첫 휴간데 하여간에 이상한 새끼."

이윽고 하양역에 도착했고.

"태워다 주셔서 감사합니다."

"밥 못 사 줘서 미안하다, 나중에 부대에서 보자."

"옙, 조심해서 가십쇼. 충성!"

대한은 이영훈을 보낸 뒤 바로 택시를 잡았다. 곧 택시가 도착했고 대한은 택시에 오르자마자 오정식에게 전화했다.

―예, 사장님.

"사장님은 지랄. 나 휴가 나왔다."

―또 나오냐? 군바리 새끼 지겨워 죽겠네. 근데 왜 전화했냐? 뭐 시킬 거 있어?

"아니, 그건 아니고. 야, 혹시 종찬이 할머니 건강검진 결과 나왔냐?"

―나왔지? 저번에 내가 검사 결과지도 같이 봐드렸는데. 왜?

"엥? 나왔다고?"

—어, 왜?

"근데 종찬이 이 자식은 왜 알은척을 안 하지?"

—알은척을 안 해?

그때였다.

—어, 야. 어쩌면 할머니가 손주분한테 말씀을 안 할 걸 수도 있겠는데?

"말씀을 안 했다고?"

—어. 안 그래도 저번에 이거 혹시 자기가 검사받는 거 손자도 아냐고 물어보더라고. 그래서 할머니 부담되실까봐 혹시 몰라서 모른다고 말씀드렸다니 알겠다고 하시더라.

"아?"

그런 사연이 있었을 줄이야.

어쩐지.

최종찬이 모른 척 할 리가 없을 텐데 이상하다고 생각했다.

"그래서 결과는?"

—특별히 아프신데는 없고 그냥 노화로 인해 몸이 약해지신 정도? 고혈압 좀 있으시더라.

"그래, 알겠다. 땡큐."

—야, 혹시나 해서 말하는 건데 네가 먼저 말하지 마라. 그럼 생색내는 거밖에 더 돼? 그냥 얌전히 있어.

"그 정돈 나도 알아, 새꺄."

-알면 됐고. 그나저나 얼굴이나 한번 보자, 해 줄 말도 있고.

"해 줄 말?"

-법인 만들어졌어. 이름은 그때 말한 대로 DH투자로 지었고 그 사이에 이것저것 투자할 만한 종목들을 좀 추려 봤는데 얼굴 보고 직접 설명해 줄게.

"내가 그런 것도 시켰었냐?"

-시켰겠냐?

"그럼 시키지도 않은 짓을 왜 해?"

-그럼 난 노냐? 월급도 삼백이나 받아 가는데 뭐라도 해야될 거 아냐. 명색이 투자 회산데.

"올. 그것도 맞지. 알겠다. 내일쯤 해서 보자."

-오케이.

곧 통화가 종료됐고 대한이 기분 좋은 표정으로 시트에 몸을 뉘였다.

새끼, 일 잘하네.

역시 오정식을 선택한 건 신의 한수였다는 생각이 든다.

❋

집에 도착한 대한이 현관문을 열자 엄마 목소리가 들려왔다.

"민국이니?"

"나야, 엄마."

"어머. 갑자기 웬일이야?"

"나 오늘부터 일주일 휴가야. 미리 말을 안 해 줘서 몰랐구나?"

"미리 말을 좀 하지. 그럼 장 좀 봐놓고 하는 건데."

"아냐, 됐어. 나온 김에 외식하면 되지. 근데 아직도 밥 안 드셨어?"

"민국이 오면 먹으려고 했지."

"걔 늦게 오잖아?"

"그래서 일부러 점심을 늦게 먹어."

"자식이 고삼이면 가족 전부가 수험생이라더니. 딱 그 말이네. 그럼 나도 기다리지 뭐."

"배 안 고프겠어?"

"시간 차이 얼마나 난다고. 괜찮아. 과일 있음 과일이나 좀 줘."

"어, 그래. 사과 있는데 사과 깎아 줄게."

대한은 그 사이 가볍게 샤워한 후 편한 옷으로 갈아입고 나와 식탁에 앉았다.

"근데 엄마, 아직도 병원에서 결과 안 나왔어?"

"어, 아직 연락이 없네?"

"왜 이렇게 오래 걸리는 거야? 내일쯤 전화해 볼까?"

"때 되면 나오겠지. 뭐 하러 그래."

"그래?"

여유로워 보이는 엄마.

속이 타는 건 대한뿐이었다.

'내가 불안해서 그럽니다.'

대한은 사과 깎는 엄마를 얼마간 바라보더니 그윽해진 눈빛으로 천천히 입을 열었다.

"엄마. 이번 주에 뭐 약속 같은 거 있으신가?"

"약속? 없지?"

"그럼 둘이 여행이나 가요."

"갑자기?"

"우리 가족여행 가 본 적 한 번도 없잖아."

"민국이는 어쩌고?"

"걔는 고삼인데 어딜 가. 민국이는 수능 끝나면 데려가고 이번엔 나랑 둘이서만 갔다 오자."

"호호, 저는 좋지요오~ 근데 간다면 어디로 갈 건데?"

"저 밑에 좋은 섬 가려고."

"섬?"

"제주도."

"……제주도?"

"응."

굳이 제주도인 이유.

대한은 아직도 기억하고 있었다.

엄마의 카톡 프로필에 있던 어느 꽃 사진을.

그 꽃의 이름은 모른다.

하지만 그 꽃이 제주도 공항에 있는 돌하르방 앞에 피어 있던 꽃이란 건 아직까지도 기억하고 있다.

물론 엄마가 따로 제주도에 가고 싶다고 한 적은 없었지만 그냥…….

그냥 그럴 것만 같았다.

그래서 언젠가는 꼭 엄마를 모시고 제주도에 가 봐야겠다고 생각했었는데.

'영영 모시고 가지 못하게 되었었지…….'

그놈의 췌장암 때문에 말이다.

그래서 기회가 있을 때 하루라도 빨리 여행을 가고 싶었던 것.

대한의 말에 사과를 깎고 있던 엄마가 칼을 내려놓고 배시시 웃었다.

"우리 대한이가 엄마 제주도 가고 싶었던 건 또 어떻게 알았을까……."

느릿한 말꼬리.

그 말에 대한은 순간 가슴이 먹먹해져 왔다.

평소였다면 작은 선물을 사와도 돈 아깝게 뭐 하러 사 왔냐고 했을 엄마였으니까.

그 웃음에, 대한도 옅게 웃으며 말했다.

"아들이잖아, 당연히 알지."

"그치 우리 아들, 언제 이렇게 멋있게 컸을까."

"난 원래 멋있었어."

"그런가? 호호."

엄마는 다시 평소처럼 웃었고 대한도 다시 평소처럼 웃었다.

그렇기에 또 한 번 속으로 기도했다.

이번 생에는 아프지 말고 행복하고 오래도록 같이 살자고.

"근데 이렇게 갑자기 여행 가도 되나? 막 예약하고 그래야 되는 거 아냐?"

"돈만 있으면 뭐든지 다 됩니다. 요즘은 표도 인터넷으로 끊고 호텔도 인터넷으로 잡더라고."

"그래? 호호, 안 그래도 엄마 친구가 저번에 제주도 갔다 왔다는데 어디가 재밌는지 한번 물어봐야겠다."

"먹고 싶은 거, 가고 싶은 거 다 해 봅시다. 운전은 내가 할 테니."

대한의 집에서 행복한 웃음소리가 흘러나온다.

✳

다음 날 아침.

동구의 한 카페.

커피 2잔을 시키고 기다리고 있으니 얼마 뒤 오정식이 나타났다.

대한은 오정식을 보자마자 핀잔을 주었다.

"직원이 사장보다 늦게 다니냐?"

"지랄하지 마. 네가 너무 일찍 일어난다는 생각은 안 하냐?"

"군인은 원래 아침 일찍 눈 떠지는 거 모르냐."

"그래, 너 잘났다."

대한은 피식 웃으며 오정식에게 커피를 건넸고 오정식은 가져온 가방에서 서류들을 꺼내기 시작했다.

"뭐가 이렇게 많아?"

"일단 봐."

서류는 다양했다.

다양한 회사들의 이름과 그 회사들의 재무제표, 그리고 회사에 주식을 투자하기 위한 참고 사항들이 적혀 있었다.

참고 사항에는 국내외 경제 상황에 맞춰 어떻게 대응해야 하는지에 대한 오정식의 생각들이 깔끔하게 적혀 있었는데…….

'자식 준비 많이 했네.'

척 보기에도 열심히 준비한 티가 났다. 이윽고 정리를 마친 오정식이 커피 한 입을 마신 뒤 물었다.

"좀 알겠냐?"

"대충은."

"대충이라도 알면 다행이고. 아무튼 설명해 줄게. 이게 차트를 보면 급등한 뒤 숨 고르기가 끝난 종목들이라 두 달 내지 세

달 안에는 오를 것으로 예상되는 것들이야. 그리고 그사이에 급등할 수 있는 소스들도 꽤 많은 편이고."

"그래?"

"소스가 뭔지는 알지? 뿌리는 소스 아니다?"

"정도껏 무시해라. 암튼 서류 좀 보자."

대한은 오정식을 한번 째려 본 뒤 오정식이 준비해 온 서류를 뒤적이기 시작했다.

그러다 오정식이 뉴스들을 정리해 놓은 서류가 있었는데 그중 대북 관련 뉴스를 본 순간, 불현듯 머릿속에 한 가지 기억이 떠올랐다.

'어라? 내 기억이 맞다면 요맘때쯤 해서 대북 관련주가 뭐 좀 있었던 것 같은데…….'

확실했다. 심지어 연속으로 상한가를 치는 종목이.

그때, 대한의 반응을 본 오정식이 물었다.

"그 반응은 뭐냐? 뭐 아는 거라도 찾았냐?"

"응, 뭔가 좋은 느낌이 들어서."

"변태냐? 종이 만지다가 뭔 개소리야."

"미친놈아, 내가 지금 그런 느낌 말하는 거겠냐. 됐고, 대북 관련 기사는 왜 넣어 둔 거야?"

"시기상 한번 나올 때가 되긴 했거든. 근데 올해 방산 관련 주들이 한 번 움직인 적이 있어서 일단 차트 조사는 안 했어."

"그래? 그럼 혹시 파주에 땅 갖고 있는 회사들 좀 찾을 수 있냐? 예를 들어 공장 부지라든지 본사가 파주에 있다든지 하는 거."

"파주에?"

오정식이 이상하다는 표정으로 되묻는다.

입장은 충분히 이해했다.

뜬금없이 파주에 땅 있는 회사를 찾아달라고 했으니.

그러나 이유가 있었다.

대한이 기억하는 주식들이 상한가를 친 이유는 다름 아닌 땅 때문이었으니까.

'이쯤 대통령이 DMZ에 세계평화공원을 조성한다고 해서 관련 회사들이 테마주가 됐었지.'

하지만 이 사실을 있는 그대로 말해 줄 순 없는 노릇.

"내가 들은 정보가 있어서 그래. 일단 한번 찾아와서 가져와 봐."

"뭔 정보인지는 모르겠지만 너 카더라 정보 듣고 막 움직이면 안 된다?"

"그런 거 아니다. 그래서 돼, 안 돼?"

"찾을 수는 있지."

"지금 가능하냐? 빠르게 넣고 싶은데."

"그 정도라고? 오바야."

"시끄럽고, 일단 좀 찾아봐."

"하…… 그래, 오너 말인데 들어야지. 잠시만 기다려 봐."

대한의 말에 오정식이 한숨을 푹 내쉬더니 이내 곧 노트북을 켜 회사들을 찾기 시작했다.

그렇게 반시간 뒤, 오정식이 노트북을 다시 대한에게 돌리며 말했다.

"자, 여기 대충 정리해 봤다."

"생각보다 많네?"

"당연히 많지. 시 단위가 그냥 만들어지는 곳인 줄 아냐?"

"그래도 빨리 찾았네. 우리 정식이 성능 좋아."

"보기나 하세요, 오너님아."

대한은 오정식이 찾아온 종목들을 얼마간 살피던 끝에 한 회사를 가리키며 말했다.

"고아스, 여긴 뭐 하는 회사야?"

"잠시만…… 음, 여긴 가구 만드는 회산데 파주에 땅이 좀 많아."

"그래?"

오정식의 말이 끝나기 무섭게 대한이 웃으며 말했다.

"여기다."

"뭘, 여기야?"

"난 이걸로 사련다."

"뭐?"

"이걸로 다 사. 매입할 수 있을 만큼 최대로."

"개소리야? 너 우리 법인 계좌에 얼마 있는지는 알고나 하는 소리냐?"

"50억 있잖아."

"그러니까 등신아. 잘 봐. 하루 거래량이 겨우 오천인데 여기에 50억을 다 박으면 어떻게 되겠냐?"

"어떻게 되는데?"

"이거 진짜 골 때리는 새끼네. 하루 이틀은 괜찮겠지만 계속해서 사면 주가 조작에 연루될 수도 있어, 병신아."

"뭔 주가 조작이야? 내가 세력이라도 된다는 거냐?"

그러나 오정식은 여전히 인상을 찌푸리고 있었고 대한이 머리를 긁으며 말했다.

"어…… 진짜냐?"

그 반응에 오정식이 한숨을 내쉬며 말했다.

"물론 매입만 하는데 주가 조작이라고 볼 순 없겠지. 하지만 금융감독원에서 비이상적인 거래라고 판단되면 설령 우리가 진짜 조작이 아니라고 해도 골치 아파질 순 있어."

"아, 그럼 안 되지."

일반인도 아니고 군인 신분으로 그런 사건에 연루되고 싶진 않았다.

대한은 이제 소령까지 진급해야 되는 몸이었으니까.

하지만 그렇다고 이 좋은 기회를 놓치고 싶진 않았다.

"그럼 어떻게 하면 좋겠냐?"

"체급이 큰 다른 주식을 찾는 게 제일 좋긴 한데…… 표정을 보니 그러고 싶어 하는 것 같진 않고."

"어, 난 여기 주식 사고 싶어. 아니, 무조건 사야 해."

"그럼 일단 시장에 얼마나 나오는지 보고 사자. 근데 넌 여기가 얼마나 오를 거라고 생각하길래 갑자기 이렇게 무지성으로 투자하려고 하냐?"

"이거 무조건 상한가 쳐."

"너 상한가가 뭔지는 알지? 상한가가 조스로 보이냐?"

"어차피 내 회사 반년도 안 가서 망할 것 같다며. 그럼 그냥 오너가 시키는 대로 해 봐. 그리고 자본을 다 넣는 것도 아닌데 왜 그래?"

"그래, 그래. 까라면 까야지. 뭐가 됐든 네 돈이니까. 그럼 고아스는 지금부터 매입 시작한다?"

"응, 네가 알아서 잘해 봐. 근데 뭐 어디 금감원 같은 데랑 엮이면 곤란하다?"

"일단 조용히 하려면 하루에 주가 총액에 0.1프로 정도는 흡수할 수 있을 것 같다."

"그게 얼마 정도 되는데?"

"한 이천?"

"너무 적은데? 그냥 적당히 너무 안 오르게만 사면 안 되냐?"

"그게 말처럼 쉬운 게 아니야. 잠시만 기다려 봐."

정식이는 한숨을 쉬며 주식 프로그램을 켜 대한에게 보여 주었다.

"잘 봐. 지금 금액이 왔다 갔다 하고 있냐?"

"아니? 가만히 있는데?"

"금액 옆에 숫자도 크게 변동 없지?"

"응."

"근데 우리가 사들이기 시작하면 이게 변할 텐데 그러면 계속 금액은 올라갈 거야. 그럼 급등주가 되는 건 순식간이라고. 알아? 적당히 오르는 건 없어. 인기 있는 종목이 아니니까."

"그럼 인기를 좀 올려 봐."

"그걸 우리가 어떻게 올리냐? 우리가 기사를 쓸 수 있는 것도 아닌데."

"그냥 상한가 한번 찍어 주면 안 되나?"

"뭔 개소리…… 어?"

기사가 없는데 상한가를 찍는다?

누구라도 관심을 가질 수밖에 없을 것이다.

대한의 말을 들은 오정식은 잠시 고민하기 시작했고 이내 곧 고개를 끄덕이기 시작했다.

"맞아…… 그냥 가지고 싶어서 사는 건데 뭐가 문제겠어? 우리가 이 회사 대표랑 아는 사이도 아니고. 생각해 보니까 상관없을 것 같다. 그럼 오늘 물량 다 흡수해 볼게."

오정식은 대한의 말에 고개를 끄덕이고는 시장가로 계속 매입을 시작했다.

주식의 금액이 크지 않았기에 돈은 크게 사라지지 않았다.

사라지는 것은 판매를 하려는 사람들의 주식들뿐.

그들의 주식이 사라질 때 마다 주식의 가격은 오르기 시작했고, 상한가인 15%까지 가는 데 5분도 채 걸리지 않았다.

그러나 총 거래 금액은 겨우 삼천만 원 남짓.

대한은 신기하게 그 모습을 보고 있었고 오정식도 신기하다는 듯 입을 열었다.

"거래가 활발한 주식이 아니라서 이렇게 빨리 주가가 오를 수도 있구나."

"너도 처음 보냐?"

"……당연한 거 아니냐? 내가 언제 이렇게 큰 금액으로 주식을 해 봤겠어."

"어? 야. 다시 내려가는데?"

"당연히 내려가겠지. 너 같으면 물린 주식이 상한가를 치는데 안 팔 거야?"

"그럼 당연히 팔아야지."

"그래도 생각보다 팔려고 하는 사람이 좀 있네. 매수를 작게 걸어 놓은 게 아닌데……."

상한가에 매수 금액을 걸어 놓은 물량이 순식간에 사라졌다.

물론 상한가에 금액 자체를 많이 걸어 놓은 건 아니었다.

일단 조금이라도 싸게 살 수 있으면 최대한 싸게, 많이 사는 것이 좋았으니까.

오정식은 나온 물량들을 다시 사들이기 시작했고 다시 상한가를 만든 뒤 인터넷 창을 띄워 종목 토론방으로 들어갔다.

"뭐 해?"

"이제 개미 형님들 반응을 한번 살펴봐야지."

아니나 다를까.

종목 토론방에는 새로운 글들이 실시간으로 올라오고 있었는데 대부분이 상한가 원인을 분석하는 글들이었다.

　

–고아스 호재 있었냐?

–이거 왜 오름?

–가만있던 애가 왜 뛰어?

–누가 고야드랑 착각한 거 아님?

–킁킁, 작전 냄새가 난다.

–어차피 낼 떡락함 ㅅㄱ

–내가 고아스 사라고 '했제'?

　

댓글을 본 오정식이 고개를 끄덕였다.

"인기는 확실해졌네. 그럼 이제 본격적으로 매입 준비를 해볼까?"

오정식은 토론방을 확인한 뒤 웃으며 상한가에 10억을 걸어두었고 노트북을 그 자리에서 덮어 버렸다.

"왜? 재밌었는데, 이제 더 안 봐도 되는 거야?"

"오늘 더 이상 주가 올라갈 일도 없는데 뭘 더 보고 있냐?

그나저나 갑자기 생각난 게 있는데 작은 문제가 있을 것 같다."

"불안하게 왜 그래? 이런 건 사기 전에 말해 줬어야지."

"아니, 뭐 별건 아니고. 이렇게 매집하다 보면 회사에 공시가 될 거야."

"공시?"

"누가 이 회사 주식을 많이 가지고 있는지 주주들이나 예비 주주들에게 알려 주는 거지."

"그걸 왜 알려 줘?"

"어떤 투자자가 투자를 많이 하고 있는지도 주식에서는 중요 하니까. 그래도 네 이름이 아니라 법인명으로 올라가는 거라 크게 상관은 없을 것 같다."

"쫄았잖아. 근데 혹시 그렇게 되면 마음대로 못 팔고 그러는 거냐?"

"공시가 뜬다고 해서 못 팔 이유는 없어. 나중에 목표 금액에 도달했을 때 한 번에 다 팔더라도 5일 후에 변경 공시가 뜨니까. 뭐, 금액이 금액인지라 하루 만에 다 팔진 못 해도 5일이면 충분히 다 정리할 수 있지."

5% 이상이면 공시에 법인의 이름이 올라갈 수밖에 없다.

그게 법이니까.

대한은 오정식의 말을 들으면 들을수록 투자는 아무나 하는 게 아니라는 생각이 들었다.

'그냥 전생의 기억 갖고 투자 좀 하면 순식간에 부자가 될 수 있을 줄 알았더니…… 확실히 디테일하게 들어가면 다르긴 다르네.'

전생의 대한도 주식을 좀 하긴 했지만 그땐 그냥 지라시나 주워듣고 사고파는 수준이었다.

'정식이를 영입하길 잘했어.'

대한이 오정식의 어깨를 토닥이며 말했다.

"정식이 든든하네. 거의 국밥 수준이야."

"오글거리게 왜 이래? 꺼져, 어차피 나중에 인센으로 다 받아 갈 거야."

"그래, 두둑하게 챙겨 줄게. 근데 종목은 내가 선정했는데?"

"뭐, 이 새꺄?"

투닥거리는 두 사람이었다.

그 시각.

고아스는 난리가 났다.

이유는 당연히 오전에 있었던 주식의 상한가 때문이었고 회장실에서는 임원진들이 긴급회의에 들어갔다.

분위기가 싸늘하다.

당연했다.

규모가 크지 않은 회사의 입장에선 썩 유쾌한 일이 아니었으니까.

"자, 빨리 조사해 본 것들을 좀 말해 보게."

회장이 물었으나 임원들 중 그 누구도 대답하지 못했다.

그저 눈치만 보고 있을 뿐.

"……아무도 입 안 열 건가?"

"저, 회장님."

그때, 옆에 서 있던 비서가 조심스럽게 말하기 시작했다.

"일단 모든 증권사에 다 연락을 취해 봤는데 기관 쪽은 아닌 것 같았습니다. 그러니 다른 기업이 아닌지 의심해 봐야할 것 같습니다."

그 말에 모두가 침음을 삼켰다.

그 말인즉, 적대적 인수에 대한 가능성이 있다는 말이었으니까.

"후…… 그래서, 오늘 얼마나 넘어간 거지?"

"총 지분에 1% 정도 넘어갔습니다."

"1%라…… 남은 돈도 많은 것 같다면서?"

"예, 물량을 다 받아 가며 계속 매수를 넣고 있습니다. 매수 호가를 보아 최소 10억은 가지고 있는 듯합니다."

"일단 3% 정도는 예상해야겠네. 임원들은 어딘지 예상가는 곳 있나?"

그러나 임원들은 여전히 꿀 먹은 벙어리였고 모두의 침묵에 회장이 호통쳤다.

"다들 뭐 하고 있어! 빨리 뛰어 나가서 대책들 마련해 와!"

그 말에 회장실에 있던 사람들이 순식간에 빠져나갔다.

임원들이 빠져나간 뒤 회장이 자리에 앉아 눈을 감았다.

"하…… 이게 대체 무슨 날벼락이야……."

고아스 회장의 걱정이 자꾸만 커져 간다.

✳

이튿날.

대한은 약속대로 엄마와 제주도 갈 준비를 했다.

'이렇게 좋아하실 줄 알았음 진작에 모셔 갈 걸.'

처음엔 어색해하면서도 주변에 자랑도 하고 밤새도록 짐을 싸시던 엄마.

저렇게 좋아하시니 첫 휴가가 참 뜻깊은 추억으로 남을 것 같았다.

택시를 타고 대구 공항에 도착하자 엄마가 나지막이 감탄사를 내뱉었다.

"와. 대구 살면서 대구 공항은 또 처음 와 보네."

"엄마 여기 처음이야?"

"그럼~ 비행기 타는 것도 처음인 걸."

"나도 그래."

"정말?"

"정말."

대한도 비행기를 처음 타 본다는 말에 엄마의 눈이 휘둥그레 커졌다.

틀린 말은 아니었다.

사느라 바빠서 그 흔한 해외여행도 못 가 봤으니까.

'수학여행도 전부 경주 같은데만 갔었지.'

그럼 뭐 어떤가.

대한은 그 사실이 전혀 부끄럽지 않았다.

오히려 앞으로 엄마랑 여러 곳을 놀러 다닐 생각에 설렐 뿐.

그러나 엄마는 생각이 좀 달랐다.

"갑자기 좀 미안해지네, 아들. 엄마 때문에 그 흔한 비행기도 못 타 보고."

"또또. 왜 그런 말씀을 하실까."

"그냥 미안해서 그렇지."

"미안하면 더 재밌게 놉시다."

"좋지요~."

민국이를 놔두고 온 게 좀 아쉬웠지만 어쩌랴. 고삼인 걸.

곧 비행기가 이륙했고 일부러 창가 자리에 앉힌 엄마는 떠오르는 비행기에 신기해하며 하늘에 떠 있는 구름 구경에 여념이 없었다.

"우와……."

그리고 그건 대한도 마찬가지였다.

비행기는 대한도 처음 타 보는 것이었으니까.

신기했다.

세상이 이토록 작아질 수 있다니.

도시가 점점 점처럼 작아지는 게 직접 하늘을 나는 기분이 들었다.

창 밖 구경을 하던 중 엄마가 웃으며 말했다.

"아들 덕분에 이런 호강도 다 해 보네."

"앞으로도 더 많이 호강하셔야지. 우리 다른데도 많이 놀러 가 봐요. 내가 직접 모시고 다닐게."

"정말이지?"

"그럼. 군 생활 열심히 해서 이번처럼 포상 많이 받아 올게."

"아구 예뻐라."

✳

얼마 뒤 비행기가 제주 공항 활주로에 미끄러지듯 안착했다.

과연 비행기는 비행기였다.

고작해야 삼십 분이 좀 지났을 뿐인데 제주도라니.

가방을 끌고 나온 대한이 엄마에게 턱짓으로 한쪽 방면을 가리키며 말했다.

"엄마, 저기 봐."

"응?"

HELLO JEJU.

공항 입구에 적힌 글자.

돌하르방과 야자수까지 즐비한 것이 이제서야 제주도에 왔다는 게 체감이 됐다.

여름이었지만 날씨도 시원했다.

두 사람은 산책하듯 밖으로 나와 제주도 바람을 온몸으로 만끽했다.

"엄마, 내가 렌터카 빌려 놨거든요? 좀 있다가 공항 앞으로 버스 하나 올 텐데 그거 타고 가서 차 받아 오면 돼요."

"우리 아들 준비 많이 했네?"

"당연하지. 누구랑 오는 건데."

대한의 말에 엄마가 대한을 기특하게 바라봤고.

"일단 버스 오려면 시간이 좀 남았으니까. 엄마 사진 좀 찍어요."

"사진? 그건 좀 부끄러운데……."

"안 찍어 버릇해서 그래. 자꾸 찍다 보면 괜찮아져. 오, 마침 저기 좋은 자리 있네."

대한이 가리킨 곳.

그곳은 그 옛날, 엄마의 카톡 프로필 사진에 있던 어느 이름

모를 꽃이 피어 있던 돌하르방 앞이었다.

대한이 물었다.

"엄마 저기 알아?"

"저기? 음, 글쎄? 근데 묘하게 낯이 익다?"

"왜, 옛날에 엄마 카톡 프로필 사진으로 해 놨던 거 있잖아."

"……아!"

그 말에 엄마의 눈이 동그랗게 커졌다.

그러더니 돌하르방과 대한을 번갈아 가며 쳐다보더니 정말로 놀란 듯, 벌어진 입을 손으로 가리며 말했다.

"저기가 거기라고?"

"엄마가 찍은 거 아냐?"

"아냐, 친구가 찍어 보내 준 건데 예뻐서 프로필로 해 놨었지. 근데 저기가 거기라니…… 근데 넌 별걸 다 기억하고 있네?"

"아들이잖아."

"애도 참."

대한의 말에 소녀처럼 웃는 엄마.

대한은 엄마를 사진 속 그 자리에 세우고 여러 장 사진을 찍었다.

오늘을 위해 인터넷으로 사진 잘 찍는 법 같은 것도 공부해왔다.

결과물을 보여 주자 엄마의 얼굴에도 꽃이 폈다.

"이야, 아들 사진 진짜 잘 찍네?"

"이제 가짜 사진 말고 진짜 사진으로 프로필 해."

"후후, 그래야겠다."

엄마의 카톡 프로필이 바뀌자 대한은 마음 한구석이 찌릿해졌다.

마치 큰 숙제를 해치운 기분.

동시에 성취감도 밀려왔다.

"아들, 엄마랑도 찍자."

"그럴까?"

옛날이었다면 부끄럽다고 안 찍었을 텐데 나이를 먹긴 먹었나 보다.

그때였다.

뒤에서 누군가 대한의 등을 톡톡 두드렸고 뒤를 돌아보자 하와이안 셔츠에 검은 선글라스를 낀 배 나온 웬 아저씨가 두 사람을 향해 인자한 미소를 짓고 있었다.

"사진 찍을 거쥬?"

"네?"

"내가 사진 찍어 줄게유."

"아! 감사합니다!"

타이밍이 좋았다.

대한은 얼른 휴대폰을 넘겨주었고 찍는 법에 대해 설명드리려고 하자.

"아휴, 내가 사진은 또 기가 막히게 잘 찍쥬, 안 알려 줘도 돼유."

"아, 그럼 좀 부탁드리겠습니다."

대한이 휴대폰을 건네고 엄마 옆에 서자 엄마가 대한을 올려다보며 물었다.

"사진 찍어 주신대?"

"응, 먼저 제안 주셨는데 좋은 분이신 거 같아."

"어머, 잘됐다."

두 사람은 곧 돌하르방 앞에서 나란히 자세를 잡았다. 그러자 선글라스 아저씨가 휴대폰과 두 사람을 번갈아 보고는 고개를 내저었다.

"에이, 아들 표정이 안 좋구먼. 뭐, 억지로 끌려 왔슈?"

"예? 하하, 아닙니다. 억지로 오다뇨."

"그럼 좀 환하게 웃어 봐유."

엄마와 찍는 사진이 너무 오랜만이라 어색해서 그랬나 보다. 그러나 아저씨 덕분에 자연스럽게 표정이 풀렸고.

찰칵!

두 사람은 제법 괜찮은 사진을 건질 수 있었다.

"감사합니다. 잘 찍어 주셨네요."

"사실 아까부터 우연찮게 계속 보게 됐는데 너무 보기가 좋아 가지고 나도 모르게 말 걸었슈. 그래도 사진이 마음에 든다니 참 다행이네."

"감사합니다. 마음에 쏙 듭니다."

"그나저나 군인인가 보네유?"

"아, 티가 나나요?"

"내가 또 장교였는데 당연히 같은 군인들을 잘 알아보지."

"장교셨다구요?"

"예, 학사장교였슈."

"예? 아, 충성! 학군 51기입니다."

"어? 그 쪽도 장교였어유? 이게 또 인연이 이렇게 되네. 허허, 재밌구만."

대한이 경례를 올리자 남자의 표정에 놀라움이 번지기도 잠시, 남자가 지갑에서 명함 한 장을 꺼내 대한에게 내밀었다.

"인상 좋아 보였는데 후배님이라니까 더 기분이 좋네. 이거 받아유."

명함에는 이렇게 적혀 있었다.

더밥 코리아.

백종완 대표.

'어?'

설마 백종완이 그 백종완?

대한은 그제야 아저씨의 얼굴이 자기가 아는 그 백종완이라는 걸 깨달을 수 있었다.

전생에 요식업으로 대한민국을 주름잡던 바로 그 백종완.

'와, 너무 젊어서 순간 못 알아볼 뻔 했네.'

어쩐지 낯이 익더라니…….

굳이 알은척은 하지 않았다.

이 시기의 백종완은 아직 유명인이 아닌 일반인에 가까웠으니까.

'맞아. 백종완도 학사장교 출신이라고 했었지.'

백종완의 군 생활 이야기는 굉장히 유명했다.

까다로운 장군의 입맛을 맞추기 위해 직접 요리를 하다가 취사장교라는 전무후무한 직책을 부여받은 것 하며 그 일을 계기로 부대의 급식을 많이 개선했다는 일화들 말이다.

대한의 휘둥그레진 눈을 본 백종완이 푸근하게 웃으며 말했다.

"왜유, 대표같이 안 생겼슈?"

"아, 아닙니다. 생각했던 것보다 더 대단하신 분이라 좀 놀란 것뿐입니다."

"허허, 그래유? 근데 어디서 오셨슈? 말투를 보니 경상도 쪽인 것 같은데."

"맞습니다. 대구에서 왔습니다."

"대구, 대구라…… 대구면 또 내 가게가 몇 있는데 거기 동성로에 뉴마을식당이라고 있거든유? 나중에 내 명함 들고 가서 밥 한번 먹어유. 내가 미리 말해 놓을 테니."

"말씀만이라도 감사합니다."

"에이 내가 설마 말뿐일까 봐? 나 그런 사람 아녀유. 부담 갖지 말고 정말 연락해유."

"감사합니다. 선배님은 혼자 오셨습니까?"

"난 사업차 때문에 혼자 왔슈."

백종완의 사업!

당연히 귀가 번뜩일 수밖에 없었다.

그래서 대한은 자기도 모르게 질문할 수밖에 없었다.

"요식업 사업 말씀이십니까?"

"아, 요식업은 아니고 숙박업을 해 보고 싶어서 땅 보러 왔슈. 오늘 시작부터 기분이 좋은 게 어쩌면 좋은 인연을 더 만날 것 같다는 생각이 드네유. 요즘 투자자 찾기가 골치 아프거덩."

숙박업.

그 말에 대한은 과거에 백종완 대표가 했던 말들이 떠올랐다.

그는 국정감사에서 저렴한 한식당이 있는 호텔을 하는 것이 개인적인 로망이라고 했는데 아무래도 지금이 그때를 위한 준비 기간인 듯 했다.

'실제로 호텔을 차리기도 했고.'

그럼 이건 기횐가?

아무래도 오정식과 논의를 해 봐야 할 듯 했다.

대한이 웃으며 말했다.

"분명 좋은 인연을 만나시게 될 겁니다."

"그랬으면 좋겠네. 그나저나 우리 후배님은 군 생활 계속할 거예유?"

소령까진 할 거다.

하지만 굳이 말할 필요가 있을까.

그래서 예의상 대답했다.

"고민 중입니다."

"고민하지 마유. 그냥 군대에 있는 게 제일 마음 편해."

"하하, 다들 그리 말씀하시는데 고민할 때 잊지 않고 꼭 참고하도록 하겠습니다."

"그래유, 그럼 즐거운 시간 보내고. 저어기 렌트카 버스 온 것 같은데?"

"대표님은 차 안 빌리셨습니까?"

"나는 내 차 탁송해서 기사 불렀쥬."

"아, 역시…… 그럼 사진 감사했습니다."

"예, 들어가유. 어머님도 만나서 반가웠습니다."

대한과 엄마는 백종완과 인사를 나누고는 버스에 올랐다.

"좋은 분인 것 같네."

"그러게. 왠지 인연이 이어질 것만 같은 기분이야."

"아까 그 사람이랑?"

"응."

대한은 투자자가 없다는 백종완의 말이 자꾸만 머릿속에 맴돌았다.

백종완 정도면 돈이 많아서 그런 걱정을 할까 싶기도 했지만 사업이라는 게 또 온전히 자신의 돈으로만 하지 않는다는 사실이 생각나 한편으로는 납득이 됐다.

'정식이한테 알아보라고 시켜야겠네.'

대한이 오정식을 떠올린 순간, 카페에서 주식 프로그램을 보던 오정식의 몸에 으스스 소름이 돋았다.

"누가 내 얘기를 하나……."

＊

와앙! 와앙!

커다란 배기음이 렌터카 주차장에 울려 퍼졌고 대한을 기다리고 있던 엄마 앞에 웬 스포츠카 한 대가 멈춰 섰다.

그리고 스포츠카의 운전석에는 놀랍게도 대한이 앉아 있었다.

운전자가 대한이란 걸 안 엄마가 눈을 크게 뜨며 되물었다.

"이, 이게 뭐니?"

"아가씨, 오늘 시간 있어?"

"얘는 참, 푸흐훗!"

대한은 일부러 2인승 스포츠카를 빌려왔다.

그것도 오픈카로다가.

무려 엄마와의 첫 여행인데 특별한 추억을 쌓아 주고 싶었기 때문이다.

"여행인데 이 정도는 타 줘야지. 얼른 타요."

"뚜껑도 없는데…… 너무 위험한 거 아냐?"

"엄마, 이거 외제차야. 머리 좋은 사람들이 모여서 만든 건데 설마 그렇게 만들었을까 봐. 안전운전 할 테니까 걱정 말고 타요."

"그, 그럴까?"

대한의 말에 엄마는 그제야 웃으며 차에 올랐고 처음 타 보는 차의 신기함에 차의 이곳저곳을 구경했다.

"그럼 이제 출발합니다."

와앙!

엄마를 태운 차가 부드럽게 제주도 거리에 진입했고 비로소 두 사람의 첫 여행이 시작되었다.

대한이 오픈카를 타고 엄마와 처음으로 간 곳은 다름 아닌 바로 공항 근처에 있는 고기국수집이었다.

국수를 좋아하는 엄마의 취향을 떠올려 가장 먼저 방문을 한 곳이었고 엄마는 대한의 메뉴 선정에 흡족한 듯 말했다.

"어머, 국수집이네?"

"엄마 국수 좋아하잖아. 나도 안 먹은 지 좀 돼서 첫 끼는 일부러 여기로 골랐어. 제주도 하면 고기국수래."

"우리 아들 참 기억력도 좋아. 안 그래도 엄마 친구가 제주도 가면 고기국수를 꼭 먹어 보라고 하더라고."

"금강산도 식후경이라는데 얼른 먹고 돌아다니자."

"좋지요~."

가게에는 사람이 적당히 있었고 두 사람은 자리에 앉아 국수 두 그릇과 찹쌀순대 한 그릇을 시켰다.

그런데 음식이 나올 때 보니 사진보다 그릇 크기가 훨씬 컸다.

"와, 아들. 이걸 우리가 다 먹을 수 있을까?"

"모자란 것보단 낫지 뭐. 그래도 다 못 먹겠으면 남겨요. 우리 먹어야 될 거 많아."

"에이 아까워서 어떻게 남겨. 그럼 벌 받아."

"그럼 최선을 다해서 먹어 봅시다."

"호호, 그래. 맛있게 먹을게."

"옙, 맛있게 드세요."

그러나 손 큰 사장님 덕에 두 사람은 결국 음식을 남겼다.

그래서인지 엄마는 계산할 때 사장님께 미안한 얼굴로 사과했다.

"남겨서 죄송해요. 정말 엄청 맛있는데 저희가 배가 작아서 그만……."

"아유, 아니에요. 부족하지 말라고 일부러 많이 담아 드린 거니까 신경 쓰지 마세요. 맛있게 드셨어요?"

"네, 너무 맛있었어요."

"다행이네요. 그럼 즐거운 여행 하세요."

"네, 사장님도 많이 파세요!"

이렇게나 친절한 사장님이라니.

대한과 엄마는 기분 좋게 식당을 벗어났고 엄마가 차에 타며 대한에게 말했다.

"여행 와서 좋은 사람들만 만나는 것 같네. 아까 공항에서 사진 찍어 주신 분도 그렇고…… 원래 여행지에 오면 다 이런 건가? 여행을 안 다녀 봐서 모르겠네."

"원래 미인한테 더 친절한 법이라잖아. 엄마가 미인인가 보지."

"어머, 얘는 말을 해도 참. 그나저나 참 좋네. 왜 사람들이 항상 여행을 떠나고 싶어 하는지 알 것만 같아."

"크크, 겨우 밥 한 끼 먹어 놓고?"

말은 그렇게 했지만 새삼 마음이 아팠다. 그리고 미안했다.

그동안 홀로 두 아들 뒷바라지 하시느라 여행은커녕 자기 시간 한 번 못 가져 보신 게 엄마였으니까.

그래서일까?

대한은 이런 감정들을 느끼면서 전생에 여행을 안 다녀 본 것이 새삼스레 다행으로 여겨졌다.

'만약 여행 가는 게 이렇게 행복한 건 줄 알고 있었으면 내 삶이 더 비참했었을 테니까.'

로또가 한 끗 차이로 3등에 당첨됐을 때, 힘들 때마다 그때를 떠올리며 얼마나 두고두고 후회했는지.

그렇기에 대한은 다시 한번 더 엄마에게 약속했다.

"엄마가 너무 좋아하니 나도 참 좋네. 말 나온 김에 약속 하나 하겠습니다. 한 달에 한 번. 아니, 아무리 바빠도 두 달에 한 번은 꼭 엄마랑 여행 다니겠다고."

"말만 들어도 좋네."

"에이, 설마 말뿐일까 봐."

엄마는 대한의 말에 미소로 답했고 대한도 엄마를 향해 웃어 준 뒤 다음 여행지를 향해 이동했다.

✳

첫날 일정이 모두 끝나고 호텔.

대한은 욕조에 물을 받아 놓고 침대에서 쉬고 있는 엄마를 불렀다.

"엄마, 잠시만 와 봐요."

엄마는 대한의 부름에 욕조로 다가왔고 대한의 손에 들린 알록달록한 공 하나를 볼 수 있었다.

대한이 공을 흔들어 보이며 말했다.

"엄마, 이거 예쁘지?"

"그게 뭐니……? 장난감이야?"

"아니, 엄마 기분 좋게 씻으라고 준비한 거야. 잘 봐."

대한은 손에 있던 공을 욕조에 넣었고 물속에 들어간 공은 물에 들어가자마자 부글부글 거품을 내며 천천히 녹아내리기 시작했다.

그리고 잠시 뒤, 욕조에 작은 우주가 펼쳐지며 달콤한 향기가 욕실을 가득 메웠다.

"어머, 이건 또 뭐니? 예쁘다."

"입욕제에요. 요즘 유행하는 배스밤인가 하는 건데 엄마 씻을 때 기분 좋으라고 준비해 봤지."

"그래? 이거 참 예쁘네. 향도 참 좋고."

"맘에 들어요?"

"맘에 들다마다. 그나저나 우리 아들은 참 신기해. 이런 건 또 어떻게 안 건지. 여자 친구라도 생긴 거야?"

"크흠, 아픈 곳은 그만 찌르고 얼른 들어가서 반신욕이나 하시죠, 여사님. 그사이에 난 친구랑 전화 좀 하고 올게."

"그래, 다녀와."

대한은 챙겨 온 블루투스 스피커로 욕조에 노래까지 틀어드린 뒤 그제야 호텔 로비로 나와 오정식에게 전화를 걸었다.

―예, 사장님아.

"뭐 하나?"

―고아스 확인 중이지. 왜? 혹시라도 다른 일 시킬 거면 끊어라. 지금 고아스 확인하는 것도 죽을 맛이니까.

"이런 건방진 직원이 다 있나…… 됐고, 고아스는 왜? 뭐, 문제 있나?"

―문제 있지, 당연히.

"엥? 무슨 문제?"

–내부 정보가 샜다고 여론이 쏠리면서 내일 우리가 상한가 안 올려도 알아서 올라갈 것 같다.

"그러면 좋은 거 아니냐?"

–아무런 소스도 없는데 오르면 그게 좋은 일인 것 같냐? 우리 이러다 하한가 치기 시작하면 감당 못해. 네가 넣은 돈 다 고점에 물릴 수도 있다고.

"난 또 뭐라고…… 쓸데없는 걱정하지 말고 일이나 해. 나 감 좋은 편이야. 소스는 곧 생길 거고."

대한의 근거 없이 확신에 찬 말투에 오정식이 한숨을 내쉬며 말했다.

–내가 진짜 전생에 무슨 잘못을 했는지 모르겠지만, 첫 직장 상사가 너인 걸 보니 아주 큰 잘못을 했긴 했나 보다. 난 몰라, 네 돈이니까. 근데 안부 전화나 하려고 전화한 건 아닐 테고. 왜 전화한 거야?

"아, 그렇지. 야, 혹시 다른 회사에 투자하는 것에 대해 어떻게 생각하냐?"

–회사 투자라면 이미 하고 있잖아?

"뭔 소리야?"

–그 회사 주식을 사면 그 회사에 투자를 하는 거지. 너 바보냐?

"아니, 그런 거 말고. 비상장 회사에다가 말이야."

그 말에 오정식은 잠시 침묵하더니 작은 한숨과 함께 침착하게 질문을 이어 나갔다.

─오너님, 주식처럼 좋은 투자 시스템을 놔두고 굳이 왜 그런 선택을 하시려는 거죠?

"이번에 주식 사는 걸 보니 큰돈을 한 번에 투자하기에는 여러모로 좀 불편한 것 같아 보이더라고. 그래서 다른 방식을 좀 생각해 봤지."

─오너님, 그런 문제는 그냥 우량주를 사시면 됩니다. 내가 차트 뽑아간 것들만 해도 50억은 우습게 투자할 수 있는 회사들이라구요.

"야, 그러면 얼마 못 벌잖아."

─아니, 이 새끼는 무슨 주식을 도박처럼 생각하고 있네. 야, 내 말은 그만큼 우량주가 안전하다는 거잖아. 그리고 배당금도 나오는데 뭐가 문제야?

"아니 그걸 내가 모르겠냐? 난 그냥 이왕 버는 거 큰돈을 벌고 싶다는 거지, 친구야."

─그래. 나도 돈 많이 벌면 좋지. 근데 리스크는 생각 안 하냐? 위험한 걸 피해 갈 수 있는데 굳이 그런 선택을 해야 될 이유는 없다고 본다, 난.

"네 리스크냐? 내 리스크지. 리스크 감당은 내가 할 테니넌 그냥 묻는 말에나 대답해. 그래서 비상장 회사에 투자하는 거 많이 어렵냐?"

오정식은 마른세수를 한 번 한 뒤 대답을 잇기 시작했다. 또라이 같아도 어쨌든 대표에, 상사에, 쩐주였으니까.

-오너님, 회사에 직접 투자한다는 게 말처럼 그리 쉬운 일은 아닙니다.

"준비할 게 많은 거야?"

-아니, 그런 건 아니고. 일단 회사의 오너를 알아야지. 그래야 투자를 받을지 말지 물어나 보지. 그런데 넌 모를 거 아냐? 당연히 나도 모르고.

"난 아는데?"

-네가 안다고? 뭐 하는 회사인데?

"요식업 하는 곳인데 제주도 공항에서 만났어. 명함도 받았는걸?"

-상장된 회사야?

"아니, 그건 아니더라."

-그럼 그 사장님한테 직접 물어봐야지. 근데 요식업이라면 식당에 투자를 하겠다는 거야? 그런 건 사이즈가 별로 안 커서 알아서 대출로 해결할 수 있을 거라 굳이 투자 같은 건 안 받으려고 할 걸?

"식당은 아니고 호텔에 투자해 보려고."

-호텔? 요식업이라더니? 근데 뭐 호텔 정도면 투자가 필요할 수도 있겠다.

"그치?"

─근데 친하냐?

"아니?"

─안 친한데 투자는 어떻게 해? 아무리 친해도 그쪽에서 투자 안 받으면 그만인데.

흠.

사람은 좋아 보였는데…….

대한은 잠시 백종완에게 투자를 하겠다고 찾아가는 상상을 해 본 뒤 대답했다.

"그래도 선후배 사이인데 말 잘하면 될 것 같기도 하고?"

─넌 진짜…… 야, 오너님아. 정신 차려, 병신아. 주식이야 그냥 살 수 있지만 그런 투자는 주식이랑 결 자체가 달라. 투자는 어떻게 보면 동업이랑 비슷한 개념인데 그 사람이 고작 선후배라고 네 돈을 덥석 받겠냐?

"뭐, 좋은 방법이 없을까?"

─네가 목에 칼이라도 들이대지 않는 이상 강제할 수 있는 방법은 아무것도 없지. 이건 그냥 네가 그 사람과 친해지는 수밖에 없어. 그나저나 갑자기 호텔에는 왜 꽂힌 거야?

"꽂혔다기보단 이 사람한테 빚을 좀 지워 두고 싶어서 그래. 사업적으로 깊게 엮이면 더 좋고."

─그건 또 무슨 소리야? 그분 여자냐? 너 그분 좋아해?

"아니, 남자야. 그냥 이 사람은 나중에 어떤 방식으로든지 도움이 될 사람이거든."

대한이 백종완과 친하게 지내려는 이유는 그가 프랜차이즈 사업 쪽으로는 성공이 보장된 사업가이기 때문이다.

　동시에 시장을 보는 눈도 있고 사업 수완도 좋은 사람이었기에 지인으로 가까이 두고 싶었다.

　그런 사람들을 주변에 많이 둬야 좋은 기회가 생기는 법이니까.

　물론 소령 진급을 최우선 목표로 삼고 있긴 했지만 그 외의 삶의 방향에 대해선 아직 확실히 길을 정하지 못해서 이러는 이유도 있었다.

　'나중에 요식업을 하고 싶을 수도 있으니까.'

　물론 미래를 모르는 오정식의 귀에는 그저 미친 소리처럼 들렸지만.

　-난 네가 진짜 무슨 생각을 하고 사는 건지 모르겠다. 설마 너 남자 좋아하고 그런 건 아니지? 그럼 난 안 된다, 대한아.

　"개소리하지 마 내가 남자를 좋아하게 되더라도 넌 아니야. 나 눈 높아."

　-뭐 이 색갸? 아무튼 그 사람한테 투자하고 싶으면 일단 그 사람이랑 친해져. 그래야 투자든 뭐든 하지. 근데 어떻게 친해지려고? 호텔은 또 어디에 지으려는 건데?

　"아직 방법은 없어. 그리고 호텔은 제주도에 지을 예정이라는데?"

　-부지 선정은 끝났고?

"아니 아직? 어, 아마 아닐 걸?"

―그게 무슨 병신 같은 대답이야? 아무튼 아니라고? 그래, 그럼 음…….

오정식은 잠시 머리를 굴리더니 대한에게 말했다.

―제주도에 땅 같은 거라도 좀 사 놓으면 친해지는 도움이 좀 되지 않겠냐?

"땅?"

―호텔 부지 선정도 아직이라며? 그럼 적당한데다가 땅 좀 사 놓고 그분한테 땅 이야기로 접근해 보면 되잖아. 뭣하면 팔아도 되고.

"아!"

다른 지역이었다면 좀 고민했을 방법이긴 했다.

땅이 한두 군데도 아니고 그렇게 많은 땅을 산다는 게 좀 말이 안 되긴 했으니까.

하지만 투자적인 면에서 봤을 때 제주도에 땅을 사는 건 그리 나쁜 방법이 아니었다.

'나중에 중국인들이 땅을 엄청 구매하면서 제주도 땅값이 엄청 오르니까.'

왜 그 생각을 못 했을까?

해답을 얻은 대한이 말했다.

"그거 좋은 생각이네. 정식아 주식 사고 남는 돈으로 제주도에 땅 좀 사라."

-미친놈아, 진짜 사게?

"좋은 방법 같아서 추천해 준 거잖아? 내 생각엔 제주도 땅값도 몇 년 안에 엄청 오를 거야. 부동산은 불패신화라잖아."

-그것도 그렇긴 한데…… 아니, 근데 나 주식은 좀 알아도 부동산은 잘 모르는데?

"아는 사람 없어?"

-아는 사람…… 생각해 보니까 동아리 선배 하나가 지금 제주도에서 장사하고 있다고 들은 거 같기도 하고…….

"잘됐네. 뭣하면 제주도도 와. 렌트카든 뭐든 알아서 하고, 경비 처리하면 되잖아."

-진심이냐?

"나 진지해. 그럼 한번 알아보고 또 연락 줘라. 난 널 믿는다. 끊어."

-야! 이건 너무 밑도 끝도 없는…… 야!

뚜, 뚜.

대한은 전화를 끊고 무음으로 전환했다.

분명 다시 전화가 와서 욕할 것이 뻔했기 때문이다.

그나저나 참 아쉽네.

군인만 아니었음 직접 돌아다녀 보는 건데…….

그래도 제주도 땅값이 오른다는 건 사실이긴 했으니 투자적인 면에선 좀 안심이 되긴 했다.

대한이 고개를 끄덕이며 다시 방으로 올라갔다.

chapter 3

얼마 뒤, 반신욕을 마친 엄마가 가운을 입고 개운한 표정으로 나오셨다.

"부대에 전화하고 온 거야?"

"부대에는 왜?"

"휴가 나오면 매일 보고해야 되고 그런 거 아냐?"

"하하, 간부가 그런 걸 왜 해. 난 간부라서 그런 거 안 해도 돼. 그리고 만약 내가 중대장님한테 전화하면 오히려 놀라실 걸? 무슨 일 생긴 줄 알고."

"그래? 엄마 친구들 아들들은 다 전화하길래 너도 해야 되는 줄 알았지."

"저는 안 해도 되네요."

순간 엄마한테 말 들은 김에 중대장한테 전화해 볼까 싶었지만 이내 관두기로 했다. 안 그래도 전지검 때문에 바쁠 테니.

"그럼 누구랑 전화하고 온 거야? 여자 친구?"

"왜 자꾸 아픈 상처에 소금을 뿌리고 그러실까. 정식이랑 했어요. 정식이 알죠? 옆집 사는."

"아, 정식이! 걔는 잘 지낸데?"

"잘 지내죠. 아마 요즘은 더 살맛 날 걸?"

"왜? 뭐 좋은 일 있대?"

"걔 취직했어."

"취직?"

"응. 나랑 같이 일하고 있어."

"너랑 같이 일하다니? 그게 무슨 말이야?"

엄마가 그게 무슨 말이냐는 표정을 짓자 대한이 씩 웃으며 말했다.

"원래는 명함이라도 하나 나오면 말해 주려고 했는데…… 나 얼마 전에 회사 하나 설립했거든."

"회사?"

"응, 투자 회사인데 이것저것 좀 해보고 싶은 게 있어서. 가진 돈을 좀 굴려 보고 싶기도 하고."

대한은 그간의 이야기를 간략하게 엄마에게 해 주었고 이야기가 모두 끝나자 엄마는 몹시 놀란 표정으로 대한을 보았다.

"어머…… 우리 아들 맞아? 갑자기 너무 다른 사람처럼 보인다, 얘."

"엄마 아들 맞죠. 엄마가 그랬잖아. 나 해 보고 싶은 거 다 해보라고. 그래서 차린 거야. 겸사로 날 도와줄 사람도 필요해서 믿을 만한 사람으로 정식이를 뽑은 거고."

"그렇구나…… 엄마는 회사 같은 건 잘 모르지만 우리 아들이 하는 거라면 뭐든지 응원해."

"역시 엄마밖에 없다니까."

무조건적인 내리사랑.

역시 엄마다.

그래서 엄마가 좋다.

엄마가 웃으며 말했다.

"근데 군인일 때 회사 같은 거 막 만들고 그래도 돼?"

"알아보니까 되더라고. 내가 직접 일만 하는 게 아니면 상관없고."

"직접 일을 안 한다고? 사장이 일을 안 하는 건 또 신기하네."

"그렇게 이야기하니까 또 그런 것 같기는 하네. 그래도 뭐 중요한 결정은 내가 하니까 일을 완전히 안 하는 건 아냐."

"그래?"

그 말에 엄마는 얼마간 대한을 쳐다보더니 다시 씩 웃으며 말했다.

"그럼 군인은 중위까지만 하고 전역하는 거야?"

"안 그래도 이번 여행에서 그것도 말씀드리려고 했는데, 군인은 계속 할 거야. 근데 오래는 아니고 소령까지만."

"소령? 할 거면 계속하지 왜 하필 소령이야?"

"그냥 뭐, 이왕 하는 거 영관급은 달아 보고 싶어서? 왜, 엄마는 내가 계속 군인 했으면 좋겠어?"

"엄마는 대한이가 뭘 하든 상관없어."

"에이, 표정만 보면 아닌 거 같은데 솔직하게 한번 이야기 해봐."

대한은 엄마의 말과 표정에서 무언가 느낌이 왔다. 이제껏 무언갈 바라 본 적이 없던 엄마였으니까.

대한의 물음에 엄마가 어색하게 웃으며 대답했다.

"사실, 엄마는 대한이가 정복 입은 모습이 그렇게 멋있더라."

"아, 임관식 때?"

"응, 그리고 중대장님이 집에 오셨을 때도 아들이 멋있어 보였어."

"그건 왜?"

"남들 다 힘들어한다는 군대에서 우리 아들이 인정받고 있는 것 같아서."

"인정이라……."

인정을 받고 있다는 건 솔직히 부정할 수 없었다. 그런데 그게 엄마 눈에는 참 좋아 보였나 보다.

이해는 됐다.

사회에서 인정받는 아들만큼 부모 입장에서 뿌듯한 것도 없을 테니.

대한이 웃으며 말했다.

"그럼 엄마는 내가 계속 군인이었으면 하는 거네?"

"군인 아들도 자랑스럽지."

"안 그래도 계속 고민 중이긴 했는데 엄마가 그렇게까지 말한다면야 고민할 때 참고는 할게."

"호호, 회사도 있고 하니까 우리아들 편한 대로 하세요."

"아, 예. 어머님. 항상 자랑스러워하실 선택만 하겠습니다."

엄마는 대한의 말에 다가와 머리를 쓰다듬으며 말했다.

"엄마가 회사를 제대로 다녀 본 건 아니지만, 사람은 남들이 인정해 주는 곳에 있는 게 제일 좋은 것 같더라고. 군대는 전역하면 다시 못 돌아가는 곳인데 괜히 나와서 후회하면 좀 그렇잖아?"

"……그것도 그렇지? 알겠어, 잘 생각해 보고 결정해 볼게요."

아직 군대를 나와서 뭘 해야 할지 모르던 대한에게 엄마의 말은 꽤나 충격적으로 다가왔다.

생각해 보면 밖에 나와서 다른 일을 한다고 했을 때 잘할 수 있을 거란 보장도 자신도 없었으니까.

그도 그럴 게 전생의 모든 기억이 군 생활이었고, 지금의 회사도 정식이와 법무사를 통해서만 일을 진행하고 있었다.

그래서일까?

생각해 본다고 말은 했지만 이미 대한의 머릿속에는 장기 지원서를 어떻게 썼는지 기억을 떠올리고 있었으니까.

'정 안 맞는 것 같으면 5년 차 전역 신청하지 뭐.'

여러모로 머릿속이 편해지는 밤이었다.

※

대한은 엄마와 기분 좋게 여행을 마무리 지은 뒤 슬슬 부대 복귀를 준비했다.

애초에 짐을 많이 들고 나오지 않았기에 개인 짐은 별로 챙길 게 없었지만 여행 다녀온 기념으로 기념품을 좀 샀다.

기념품은 바로 감귤 초콜릿.

사와도 욕밖에 안 먹는다는 기념품이었지만 받는 사람 기호 상관없이 그냥 샀다.

이유는 단 하나.

'내가 사고 싶어서.'

제주도에 대한 로망이 몇 가지 있다면 그중에 하나가 바로 감귤 초콜릿을 사 오는 것.

돈도 많겠다. 일부러 넉넉하게 샀다.

대한은 익숙하게 택시를 불러 부대로 이동했고 위병소 앞에 도착한 대한은 손을 흔들며 부대로 복귀했다.

"충성! 휴가 복귀하십니까?"

"어, 김대한 소위 복귀."

위병소에서 위병조장이 나와 대한을 반긴다.

2중대의 분대장 병사였기에 딱히 대한과의 접점은 없었지만 당직사령 때 얼굴을 맞댄 적이 있어 비교적 편하게 반겨 주었다.

"부대에 별일 없었냐?"

"전지검 준비 말고는 특이 사항 없었습니다."

"2중대는 잘 준비했고?"

"이번 주 일과 내내 죽는 줄 알았습니다."

"그럼 잘 준비했겠네. 위병소 근무자들 총기 상태 다시 확인해 줘. 괜히 먼지 보여서 트집 잡히면 보급관님한테 털린다."

"예, 알겠습니다. 아참, 그나저나 소대장님. 혹시 철권 리그전 언제부터 시작하는지 여쭤봐도 되겠습니까?"

"철권 리그전? 그걸 왜 나한테 물어봐? 인사과장님이나 인사장교님한테 물어봐야지."

그 말에 위병조장이 해맑게 웃으며 대답했다.

"소대장님이 이번에 심판 보신다고 소대장님 휴가 복귀하시는 날부터 경기 시작이라고 하셨습니다."

"뭐?"

"모르셨습니까?"

"내 반응이 모르는 것 같지 않냐?"

"예, 그렇습니다."

"그래…… 나도 모르는 사이에 그런 일이 있었단 말이지……일단 알겠다. 고생해라. 경기는 정리되면 전파해 줄게."

"예, 쉬십쇼! 충성!"

이건 또 뭔 소리야?

대한은 간부 숙소로 올라가며 곧장 고종민에게 전화를 걸었다.

정말로 고종민이 자신에게 짬 처리 한 거면 진심으로 실망할 생각으로.

'에이 설마 아니겠지. 염치가 있으면 나한테 그러면 안 되지.'

얼마 뒤, 고종민이 어색한 목소리로 바로 전화를 받았다.

─그래, 내 동생 대한이. 혹시 부대 복귀했냐?

"예, 충성. 휴가 잘 다녀왔고, 방금 부대 복귀했습니다. 선배님, 근데 제가 오는 길에…….."

─아하하, 어디야? 숙소야? 바로 내려갈게.

"……입구에 있겠습니다."

역시.

찔리는 게 있긴 한가 보지.

이윽고 전화가 끊기자마자 방문 열리는 소리가 들렸고 고종민이 어색하게 웃으며 대한의 앞에 나타났다.

"충성. 천천히 오셔도 되는데 왜 이리 급하게 나오셨습니까?"

"하핫…… 보고 싶은 후배 얼굴 보려고 빨리 내려왔지. 그보다…… 혹시 들었냐?"

"제가 철권 심판 본다는 거 말씀이십니까?"

"하하하…… 들었구나. 대한아 그게, 내가 너한테 짬 때린 게 아니라 다 사연이 있어서 그렇게 된 거야."

"무슨 사연 말씀이십니까?"

"그거 대대장님 지시였어."

"대대장님이 말씀이십니까?"

"그래. 아니면 내가 미쳤다고 너를 심판으로 올렸겠냐? 단장님도 너 보고하라고 하시더라."

전말은 이랬다.

고종민은 대한에게 리그전 명단을 받아 종합해 공문을 만들었고 대대장 박희재에게 보고하여 칭찬까지 받았다.

그런데 박희재가 요리 대회에 이어 이런 아이디어가 자기 대대에서 나온 걸 이원영에게 자랑하기 위해 직접 찾아갔고 단장은 눈살을 찌푸리며 태클 걸 것을 찾던 와중 심판은 누가 보냐고 딴지를 건 것.

그때 잠시 고민하던 박희재는 대한의 이름을 불렀다는 것이었다.

"단장님이 단 지원과나 대대 인사과에서 심판을 보면 편파가 있을 수도 있다고 하시자마자 네 이름이 나왔고 두 분 다 바로 동의하셨어."

"그렇습니까……."

제기랄.

위에서 그랬다면 할 말 없지.

'종찬이를 위해 이 정도 귀찮음쯤이야…….'

단순히 심판 보는 것 때문에 귀찮은 것은 아니었다.

단과 대대 통합 리그전이니 만큼 단 인사장교인 차현수에게
도 보고를 해야 할 터.

심판만 해도 귀찮은데 불편한 사람까지 계속 상대해야 해서
별로 안 내켰던 것이었다.

하지만 이미 엎질러진 물.

대한은 피할 수 없게 된 이상 그냥 즐기기로 했다.

"그럼 어쩔 수 없는 것 같으니 즐기도록 하겠습니다. 그나저
나 선배님은 칭찬 좀 받으셨습니까?"

"아, 그럼. 당연하지. 이런 게 군대의 발전으로 이어진다면서
센스 있는 장교라고 칭찬받았다. 이게 다 네 덕분이다, 대한아.
너한테 밥이라도 한번 사야 하는데."

"선배님이 칭찬받으셨으니 됐습니다. 대신 많이 도와주시면
감사하겠습니다."

"걱정하지 마라, 최선을 다해 도와줄게. 근데 손에 그건 뭐
냐?"

"저 이번 휴가 때 어머니랑 제주도 여행 갔다 왔습니다. 간
김에 기념품 좀 사 왔습니다."

"그 기념품이 설마 감귤 초콜릿은 아니겠지?"

"맞습니다. 설마 싫어하십니까?"

"에, 에이 설마! 내 후배, 내 동생, 내 손가락 대한이가 사 온 건데 똥을 가져와도 기쁘게 받아야지. 안 그래?"

"역시 선배님이십니다."

대한은 고종민에게 감귤 초콜릿 한 박스를 넘겨준 후 숙소로 돌아갔다.

✳

다음 날 아침.

대한은 간부 연구실로 일찍 출근해 휴가 기간 동안 부대에 있었던 일들을 확인했다.

그때, 피곤한 얼굴을 한 백종우 중위가 들어왔다.

"충성! 편히 쉬셨습니까!"

"어, 휴가 잘 갔다 왔냐?"

"예, 잘 다녀왔습니다."

"잘 다녀왔다니까 다행이네."

백종우가 대한을 보며 한숨을 쉬며 말을 이었다.

"야, 대한아. 난 중대가 너 하나 없다고 이렇게 안 굴러갈 줄은 몰랐다."

"예? 그게 무슨 말씀이십니까?"

뭐지?

혹시 무슨 사고라도 생긴 건가?

대한은 순간 최근의 징계 건으로 분위기가 흐려진 소대가 떠올라 걱정되기 시작했다.

그러나…….

"맨날 네가 알아서 해서 깜빡하고 있었는데, 오랜만에 애들 통솔하니까 너무 피곤하더라고. 중대장님도 너 없으니까 되게 심심해하시더라."

"아……."

또 무슨 소릴 하나 했네.

그 말에 대한이 사 온 감귤 초콜릿을 꺼내 백종우에게 내밀며 말했다.

"그래도 이제 선배님 전역하시기 전까진 길게 휴가 갈 일 없지 않겠습니까? 이번에는 대대장님이 보내신 거라 길게 갈 수 있었던 거지 원래는 이렇게 길게 휴가 못 가지 않습니까."

"그렇지. 어휴, 나 소위 때는 휴가 2일도 못 나갔는데 넌 참 운이 좋아. 근데 이건 뭐냐? 감귤 초콜릿? 제주도 갔다 왔냐?"

"예, 어머니랑 갔다 왔습니다."

"제주도 좋지. 아니 근데 이건 무슨 전통인가 뭔 제주도만 가면 다들 감귤 초콜릿들을 사 와?"

"이거 어머님이 사 주신 겁니다. 부대 가서 나눠 드리라고."

"……그러니까 내 말은 사 와서 좋다는 거지. 전통 좋잖아? 온고지신이란 말도 있고. 그리고 제주도 하면 감귤이지, 암 그렇고말고. 어머님께 잘 먹겠다고 전해 드려."

"예, 선배님. 감사합니다."

저렇게 말할 줄 알고 엄마가 사 온 거라고 했는데 아무래도 잘 둘러댄 듯했다. 그리고 얼마 뒤 이영훈이 들어왔고.

"오, 대한이 왔어?"

"충성! 중대장님 오셨습니까?"

"휴가 잘 다녀왔냐? 프사 보니까 제주도 갔더만."

"예, 안 그래도 감귤 초콜릿 사 왔습니다."

"뭐? 이런 센스 없는 새끼. 언제 적 감귤 초콜릿이야, 인마?"

"어머님이 나눠 먹으라고 사 주셨습니다. 여기 이건 중대장님 몫입니다."

"……그러니까 내 말은 네가 직접 사야지, 왜 어머님이 사게 했냐 이 말이야. 난 옛것이 좋아. 신토불이~ 신토불이~."

아니나 다를까, 이영훈에게도 똑같이 전달해 주었다.

다들 맛있게 감귤 초콜릿을 먹는다.

✳

전투 장비 지휘 검열주 첫째 날 오전.

검열을 위한 준비로 중대는 정신이 없었다.

저번 주 내내 준비했던 모든 장구류들을 검열관이 잘 볼 수 있도록 준비하고 있었고 마지막으로 준비가 미흡했던 부분을 보완하기 위해 최선을 다했다.

그리고 이 모든 인원 중 가장 바쁜 사람은 당연히 행정 보급 관인 박태록.

"총기 검사 맡은 생활관은 총기 근처에도 가지 마! 괜히 손대서 트집 잡히면 다 진술서 쓰게 할 거니까. 그리고 아까 야전삽 통과 못 받은 인원들은 빨리 검사받으러 튀어 와!"

휴가 다녀온 사이 박태록의 얼굴이 더 늙은 것 같다.

대한이 자연스럽게 박태록의 곁으로 이동해 말했다.

"보급관님, 얼굴빛이 많이 안 좋아 보이십니다."

"어휴, 말도 마십쇼. 소대장님 휴가 가시고 매일이 전쟁이었습니다."

"아휴…… 저라도 끝까지 남아서 도움이 됐어야 하는 건데 갑자기 휴가를 나가 버려서 죄송합니다. 그런 의미에서 전 뭘 하면 되겠습니까? 그냥 막 시켜 주십쇼. 일단 저희 소대 애들 장구류는 다 확인하고 왔습니다."

그 말에 박태록이 짐짓 흐뭇한 표정으로 대답했다.

"역시 소대장님밖에 없습니다. 그리고 너무 안 미안해하셔도 됩니다. 이미 휴가도 하루 반납하셨는데 뭘 그렇게까지…… 그래도 혹시 괜찮으시면 지뢰탐지기 세팅만 좀 봐 주시겠습니까? 공병학교에서 갓 나오셔서 가장 잘하실 때가 아니십니까. 그리고 중대장님이 뭐 시키시는 것 없으면 이따 검열관 왔을 때도 좀 부탁드리겠습니다."

"알겠습니다. 지금 중대장님께 지뢰탐지기 쪽에 붙어 있겠다고 말씀드리고 바로 가겠습니다. 그쪽은 이제 신경 안 쓰셔도 됩니다."

"감사합니다. 뭐 필요한 거 있으시면 바로 전화하십쇼."

총이나 장구류와는 다르게 장비들은 간부들이 있을 필요가 있었는데 검열관 특성상 장비 가동은 피할 수 없는 것이기에 병사보다는 간부들이 좀 더 유하게 넘길 확률이 높았기 때문이다.

그런 의미에서 대한 또한 자신 있었다.

'검열관들 비위 맞추는 건 그 누구보다도 자신 있지.'

10년도 넘게 짬밥을 먹었는데 비위 하나 못 맞춘다는 게 말이나 될까?

대한은 지뢰탐지기를 검열받는 장소인 다목적실로 이동했다.

다목적실에는 각 중대의 크고 작은 장비들이 바닥에 깔려 있었고 곽재훈이 1중대의 장비들을 가져다 놓고 있었다.

"재훈아."

"충성! 소대장님이 장비 보십니까?"

"응, 근데 우리 지뢰탐지기가 왜 2대뿐이냐? 난 3대인 걸로 알고 있는데."

"동원 훈련 때 고장 난 거 겨우 입고 보내 놨습니다. 원래는 안 받아 준다는 거 보급관님이 직접 차 몰고 가서 입고시켰습니다."

"크, 역시 보급관님."

군대에서 장비의 고장은 별로 드문 일이 아니었다.

크고 작은 고장들이 수시로 발생하는 곳이 군대였고 이를 위해 정비를 담당하는 부대까지 있을 정도였으니까.

하지만 그렇다고 AS센터처럼 간단하게 고쳐 달라고 할 순 없었다.

정비부대의 일정도 고려해야 했고 그 장비의 부품이 항상 있는 것도 아니었으니까.

'일정이야 열심히 진상 부리면 빨리 처리해 주긴 하지만 부품이 없다면 그때부턴 시간과의 싸움이지.'

장비를 고치기 위해 입고를 했는데 부품이 없다는 연락을 받았다?

그럼 장교 기준으로 다른 부대로 이동하기 전까지는 그 장비를 못 본다고 생각하면 편했다.

그런 의미에서 이번에 입고 거부를 한 이유는 아마 부품이 없어서일 가능성이 컸다.

왜냐면 미리 받아 놔 봤자 짐일 테니까.

'장비가 움직이면 전산도 같이 움직이지. 다시 말해 책임도 정비부대로 옮겨진다는 말.'

그래서 역시 보급관이라고 한 것이다.

고장 난 장비를 정비부대에 떠넘김으로써 검열을 피해 갈 수 있었으니까.

곽재훈이 고개를 끄덕이며 공감했다.

"안 그래도 보급관님이 이번에 고생 엄청 하셨습니다. 진짜."

"안 그래도 얼굴이 좀 많이 상하셨더라. 네가 옆에서 잘 도와드리지 그랬나?"

"와, 소대장님. 간부는 간부 편이라고 너무하신 것 아닙니까? 제 얼굴도 많이 상했습니다."

"그건 원래 못생긴 거 아니냐?"

"소대장님, 너무하신 것 아닙니까? 제가 영혼을 바쳐 재우도 키우고 있는데 말입니다."

"앗, 그걸 깜빡했네. 다시 보니까 얼굴이 좀 많이 상한 것 같다야. 어떻게, 달팽이 크림이라도 좀 사 줄까?"

"됐습니다. 암튼 덕분에 저희 중대 장비는 다 준비됐습니다."

곽재훈은 종이에 적힌 장비의 종류와 숫자를 직접 대조해 보고 대한에게 말했고 대한은 그런 곽재훈의 어깨를 기특하다는 듯 두드려 주었다.

"나머지는 내가 알아서 할 테니까 이제 종이는 나 주고 나가 봐. 근데 지뢰탐지기는 전부 다 확실하게 작동하는 거 맞지?"

"예, 오늘 아침에 3번씩 검사했습니다."

"그래? 흠…… 너무 많이 검사했는데."

"왜 그러십니까?"

"아니다. 고생 많았고 오늘만 잘 넘기자. 얼른 보급관님 도와드리러 가 봐."

"예, 소대장님도 고생하십쇼! 충성!"

"충성."

곽재훈은 대한을 향해 웃어 보인 뒤 빠르게 다목적실을 벗어났고 곽재훈이 다목적실을 빠져나감과 동시에 대한은 지뢰탐지기를 꺼내 정상 작동 여부를 검사했다.

'검열 전에 점검 너무 많이 하면 안 되는데…… 뭐, 괜찮겠지.'

혹시나 해서 다시 검사해 봤지만 다행히 전부 작동이 됐다.

대한은 점검을 마친 뒤 시계를 확인하고는 어디론가로 발걸음을 옮겼다.

대한에겐 전지검 외에도 준비해야 할 것이 있었기에.

※

그 시각 인사과.

고종민은 컴퓨터 앞에 앉아 전투적으로 타자를 치고 있었다.

원래는 이렇게 바쁠 일정이 아니었다.

그도 그럴 게 인사과는 전투 장비 지휘 검열에 해당 사항이 없었으니까.

하지만 고종민은 그럴 수가 없었다.

인사장교 차현수가 짬을 던지고 갔기 때문이다.

'아니, 내가 왜 단 인원들 대진표까지 짜야 되는 거야?'

차현수가 던진 짬.

다름 아닌 철권 리그에 참여하는 단 인원들의 대진표 짜기.

이번에는 단도 함께 주최하는 행사이니 만큼 요리 대회 때보다 훨씬 더 많은 걸 준비해야 했는데 그 준비 중에 하나가 바로 병사들 간의 대진표 짜기였다.

얼핏 보면 쉬워 보이는 일이었지만 실상은 전혀 그렇지 않았다.

일단 인원이 40명이 넘어가는 것과 더불어 개개인의 휴가, 외박, 외출, 근무 등등 고려해야 할 사항이 한두 가지가 아니었으니까.

심지어 단과 대대가 나뉘어져 있어 원래라면 각 부대 인사 담당자가 종합해야 했지만…….

'차라리 참가 인원들을 모아서 보내 주든지, 병사들 휴가 종합 된 것만 던져 주면 나더러 어떻게 하라는 거야?'

역시 차현수.

짬을 때려도 더럽게 때리는 남자였다.

정리 따윈 하나도 없이 그냥 고종민에게 알아서 하란 식으로 던져 버린 것.

당장 단의 병력들을 불러 모으지도 못하는 고종민이었기에 참가자 명단과 휴가 종합을 일일이 대조해 보며 눈을 굴리는 중이었다.

그때, 대한이 인사과 문을 열고 들어왔다.

"충성. 철권 대진표 받으러 왔습니다."

"어, 벌써 왔냐? 자, 잠시만!"

이번 대회 심판을 대한이 보기로 했으니 대진표도 대한이 받으러 온 것.

그런데 고종민이 당황한 기색을 보이자 대한이 슬쩍 다가가 고종민의 화면을 확인했고 그의 화면에 단 휴가 종합 파일이 떠 있을 것을 보고는 이상하다는 듯이 되물었다.

"이걸 왜 선배님이 하고 계십니까?"

"……왜겠냐? 짬 맞은 거지."

"역시 그럴 줄 알았습니다."

"아이고, 불쌍한 내 신세야…… 앉아 있어, 금방 처리하고 갈게."

금방 처리하긴 개뿔이나.

그래도 마침 잘됐다.

안 그래도 시킬 일이 있었는데.

대한이 자리에 가지 않고 은근한 표정으로 물었다.

"선배님, 이거 제가 알아서 처리해 드립니까?"

"뭐? 정말? 대진표 안 짜 줘도 된다고?"

"저거 일일이 대조하면 힘드시지 않겠습니까? 대신 저도 부탁이 하나 있습니다."

"부탁? 뭔데, 말해 봐."

그 말에 고종민이 짐짓 불긴한 표정을 지었지만 대한은 아랑곳 않고 말을 이어 나갔다.

"다음 주가 '인성 집중 교육주'잖습니까?"

"그렇지?"

"선배님이 온 나라에 교육자료 뿌려 주신 거 잘 봤습니다."

"응, 그거 그냥 뽑아서 소대원들이랑 놀면 되는데…… 뭐, 대신 교육자료 만들어 줄까?"

"아닙니다. 교육자료야 저도 충분히 뽑을 수 있습니다. 제가 말씀드리고 싶은 건 이번 기회에 교육 방식을 좀 바꿔 보면 어떨까 해서 말입니다."

그 말에 고종민이 의아한 표정으로 물었다.

"그게 무슨 소리야? 교육 방식을 바꿔 보자니? 어떻게?"

"지금은 각 소대장들이 소대를 맡아서 하고 있지 않습니까? 그러지 말고 대대 통합식으로 한 방에 하는 겁니다."

"대대 통합식으로? 그럼 그건 누가 할 건데? 설마 나 보고 하라는 건 아니지?"

고종민이 눈살을 좁히자 대한이 고개를 저으며 말했다.

"에이 설마 제가 선배님 고생하시는 거 뻔히 아는데 그런 되먹지 못한 짓을 하겠습니까? 제가 생각한 건 외부 업체를 이용하는 겁니다."

"외부 업체?"

"예, 그렇습니다. 제가 알기로 이런 교육만 전문적으로 하는 강사들이 있는 걸로 알고 있습니다. 그러니 이번 기회에 그런 강사들을 초청해서 교육을 진행하면 남들 보여 주기에도 좋고 자료 만들기도 훨씬 편하실 겁니다. 그리고 무엇보다도 병사들이 아주 좋아할 겁니다."

지금으로부터 멀지 않은 시기에 내부적으로 진행되던 주먹구구식 교육들은 모두 외부 강사가 와서 하는 형태로 바뀐다.

사실 듣는 사람 입장에서는 어떤 강의든 지겹기야 매한가지지만 그래도 소대장들이 생활관에서 하는 주먹구구식 자기 미래 비전 발표보다는 교육의 질이 훨씬 더 높아질 것이기에 추천한 것.

그리고 무엇보다도 이러한 방식을 추천한 이유는…….

'그 귀찮은 걸 내가 왜 해?'

대한은 직접 교육하기가 싫어서였다.

이것이 본질적인 목적.

물론 단순히 귀찮다는 이유만으로 이러는 건 아니었다.

어차피 바뀔 체제의 교육이라면 남들보다 한 발 더 빠르게 움직여 실적을 챙기는 게 좋았으니까.

대한의 말에 고종민이 일리 있다는 표정으로 고개를 끄덕이며 말했다.

"확실히 그편이 훨씬 더 유익하긴 하겠네. 근데 넌 그런 업체들 중에 아는 곳은 좀 있냐? 그리고 업체 선정은 그렇다 쳐도 비용 문제는 어떡하려고? 사실 이것들이 제일 중요해."

그치.

제일 중요하지.

그래서 이 부분에 대해서도 준비를 해 왔다.

대한이 말했다.

"선배님, 혹시 공병학교에서 소대장 가는 인원들이랑 참모 가는 인원들을 따로 나눠서 교육하던 거 기억나십니까?"

"나눠서 교육? 어…… 그랬던 것 같다. 근데 그게 왜?"

"저희 반에도 선 참모를 하는 인원이 있어서 당시 교관님이 몇 가지 꿀팁들을 주셨는데 그중에 하나가 이번 외부 강사의 활용이었습니다. 그래서 동기들끼리 혹시라도 나중에 참모 보 직을 할 것을 대비해 찾아 둔 업체가 몇 군데 정도 있습니다."

"그래?"

설명을 이어 가는 대한의 눈에 이채가 반짝이기 시작했다.

지금부터가 중요했으니까.

본인이 어떤 부대에서 어떤 보직을 맡아 군 생활을 할지는 임관 이후 4개월의 교육 과정 중에 결정이 난다.

90% 이상은 소대장으로 첫 보직을 시작하지만 드물게 참모 직에 기용되는 경우가 있었는데 이를 '선 참모'라고 하며 정보, 작전, 인사 분야의 참모 직책을 맡게 된다.

이는 생각보다 행정 업무가 많은 군대에 빠르게 적응을 할 수 있는 좋은 기회라고 말들은 하지만…….

'실상은 군대에 처음 와서 중대장에게 털리느냐 대대장에게

털리느냐의 차이 정도지.'

소대장으로 1년 동안 열심히 잘했더라도 참모 보직으로 가면 하루 종일 털리기 일쑤였다.

어찌 보면 당연했다.

참모직이라고 해도 소위는 소위.

이제 막 대학교를 졸업한 소위가 뭘 알겠는가.

심지어 대학교 내내 학군단에서 배운 것이라고 해 봐야 기초 군사훈련과 병력들을 지휘하는 방법을 배우는 것이 전부.

그래서 어떤 면에서 보면 처음부터 참모직을 맡는 게 더 안타까울 때도 있었다.

소대장으로 가면 중대장과 선임 소대장들한테만 털리면 되지만.

참모직으로 가면 대대장은 물론 정작과장, 작전장교 등등 본인보다 훨씬 더 높은 계급들에게 다이렉트로 혼났으니까.

그렇기 때문에 교관들 입장에서는 선 참모를 가는 인원들에게 좀 더 많은 조언을 해 주고는 했고 대한은 이번에 그 사실을 좀 적절하게 이용해 먹기로 했다.

고종민이 고개를 끄덕였다.

"확실히 담임교관님들이 선 참모 애들을 잘 챙겨 주시긴 했었지. 근데 우리한테는 그런 것까지 안 알려 주셨던 것 같은데?"

"뭐, 그때랑 지금이랑 비교하면 1년도 더 지나지 않았습니까. 그리고 교관님들이 말하길, 아직 외부 업체를 이용해 교육을 진행하는 곳은 없다고 하긴 했지만 서서히 바뀔 거라고 했습니다. 그러니 대대적으로 바뀌기 전에 초급장교로서 이런 기획안을 먼저 내놓으면 여러모로 예쁨받을 수 있을 거라고 교관님들이 말씀하셨습니다."

대한의 의견이 아닌 공병학교 교관들의 조언.

이러면 신빙성이 살아난다.

"확실히 그렇겠네."

고종민이 고개를 끄덕이자 대한이 의견 나열에 박차를 가했다.

"예, 그렇습니다. 그리고 외부 업체가 들어오는 것을 보면 자연스럽게 단장님에게도 어필되지 않겠습니까? 단에서 일과 중에 민간인이 들어오는 걸 단 쪽에서 모를 리가 없을 테니 말입니다."

그 말에 고종민이 크게 긍정하며 말했다.

"그러네. 야, 대한아. 확실히 좋은 방법인 것 같다. 이거 통과만 되면 예산은 문제도 아닐 테고. 너, 그때 동기들끼리 외부 업체 찾아놓은 곳 있다고 했지? 거기가 어디냐? 내가 한번 연락해 볼게."

"아닙니다. 업체는 제가 연락해 보겠습니다. 교육 내용 관련 자료들 정리해서 보내 드리면 그때 서류 작성하시면 될 것 같고, 그 뒤에 정작과장님 거쳐서 대대장님까지 결재만 잘 받아 주시면 될 것 같습니다."

"아, 정작과장님…… 대대장님은 흔쾌히 허락하실 것 같은데 정작과장님이 허락 안 해 주시면 어떡하지?"

"그때부터는 선배님 능력을 좀 보여 주셔야 하지 않겠습니까."

"……응? 내 능력?"

대한은 고종민의 물음에 손가락을 펼쳐 하나씩 접어 가기 시작했다.

"제가 철권 리그전 제안해서 단장님께 칭찬도 받으시고, 인원도 종합해 드리고, 심판도 제가 보고, 애들 일정도 짜고, 인성 교육 업체도 불러 드리는데…… 와, 여기까지만 해도 제 손가락 다 접혔습니다. 그럼 이제 남은 건 결재 통과로 예산 확보 정도인데 이 정도는 선배님이 무조건 통과받아 주셔야 하지 않겠습니까?"

"너 그럼 부탁이라는 게……."

"사실 말이 부탁이지, 이게 다 선배님 실적이 되는 일이지 않겠습니까."

그 말에 고종민이 너털웃음을 터뜨렸다. 틀린 말은 아니었기 때문이다.

"하하, 그래, 그래야지…… 후배가 이렇게까지 떠먹여 주는데 선배가 양심이 있어야지. 오케이, 이건 무슨 일이 있어도 내가 무조건 통과받아 온다."

"역시 선배님이십니다. 멋지십니다."

"일단 정작과장님한테 구두로라도 보고드리고 와야겠다."

"지금 바로 말씀이십니까?"

"응, 왜?"

"음, 혹시 그거 조금만 이따가 보고 올리시면 안 되겠습니까? 오후쯤에 좋은 소식이 있을 것 같아서 그렇습니다."

"그래? 그럼 그러지 뭐. 그보다 검열 준비는 다 했냐?"

"전 지뢰탐지기만 보면 돼서 크게 할 것도 없었습니다."

"뭐, 너야 당연히 잘하겠지. 그래도 도와줄 거 있으면 말해. 내가 도울 수 있는 거면 얼마든지 도와줄 테니까."

"예, 말씀만으로도 감사합니다."

"담배?"

"좋습니다."

두 사람은 웃으며 인사과에서 나왔고 대한은 신난 발걸음으로 앞서 가는 고종민을 보며 조용히 웃었다.

이렇게 보니 고종민이 참 어리게 느껴져 퍽 귀여웠기 때문이다.

✳

한 차량이 대대 주차장을 지나 정문 앞에 멈춰 섰다.

그리고 그 차를 기다리고 있던 대대 간부들.

대대장 박희재를 비롯해 대대 주요직위자 모두가 뒷자리에서 내리는 군인을 맞이했다.

중령 채우식.

2작전사에서 온 검열관이자 대한의 부대를 하나부터 열까지 꼼꼼하게 살피고 평가할 사람이었다.

채우식은 차에서 내리자마자 박희재에게 경례했다.

"충성!"

"어, 채 중령 오랜만이야."

"선배님! 잘 지내셨습니까!"

두 사람은 일면식이 있는지 반갑게 인사를 나눴고 그것을 본 대대 주요직위자들의 얼굴이 밝아졌다.

그도 그럴 게 지휘관과 검열관이 친한 만큼 검열이 편해질 확률이 높으니까.

"잘 지냈지. 채 중령도 얼굴 좋아 보이는구만?"

"하하, 진급 포기하니까 마음이 편해져서 그런 것 같습니다."

"그래, 그거 몇 년 더 해먹겠다고 용 쓸 필요가 있나? 안 그래?"

"맞습니다. 선배님."

"그나저나 다른 검열관들은?"

"지금 군지사에서 따로 오는 중입니다. 선배님 계신 부대라기에 저만 일찍 와 봤습니다."

"잘 왔어. 차나 한잔하지?"

"예, 좋습니다."

두 사람은 사이좋게 대대장실로 향하며 대화를 이어 갔다.

"선배님, 1층에는 생활관이 없지 않습니까?"

"응, 없지?"

"이야, 근데도 벌써부터 치약 냄새가 진동을 하는 것 같습니다."

"크큭, 원래 검열에는 치약 아니겠나."

"맞습니다. 냄새만 맡아 봐도 얼마나 열심히 하고 있는지 알수 있는 것 아니겠습니까."

"그, 채 중령이 오해할까 봐 미리 말해 두는 건데…… 우린 평소대로 했을 뿐이야. 알지?"

"아, 예. 알고 있습니다. 요즘 시대가 어느 땐데 검열 온다고 급하게 준비하겠습니까?"

박희재는 한발 뒤에서 따라오고 있는 정우진을 향해 조용히 뒤로 손짓했다.

그 손짓을 본 정우진은 대번에 의미를 파악하고 따라오던 중대장들을 멈춰 세웠다.

"진짜 마지막으로 한 번씩 싹 다 확인해."

"예, 알겠습니다."

정우진이 박희재의 사인을 전달하고는 중대장들과 함께 각자의 중대로 뛰어 올라간다.

그리고 얼마 뒤, 박희재와 채우식이 대대장실에서 차를 마시고 있을 때쯤 주차장으로 차량 2대가 동시에 들어왔다.

차량에선 군인과 작업복을 입은 군무원들이 내렸는데 이들
이 바로 이번에 실질적으로 대한의 부대를 검열할 검열관들이
었다.

　채우식은 그저 이들이 평가한 것을 종합해서 보고하는 인물
일 뿐.

　그중 제일 나이 들어 보이는 신한일 상사가 일행을 향해 말
했다.

　"채 중령님이 바로 검열 시작하시라고 하셨으니까. 바로 올
라가서 시작하면 될 것 같습니다."

　"아휴, 신 상사. 우리 뭐 마실 것도 안 주고 시작하나?"

　군무원 하나가 신한일을 향해 기지개를 켜며 물었고.

　"곧 점심시간인데 총기만 빠르게 끝내고 식사하러 나가셔서
마실 거들고 들어오시죠."

　"뭐 그럽시다. 총기야 금방 끝나니까."

　"그 차에 탑승하신 분들은 전부 3층으로 가시면 되고 저희는
2층으로 가시죠."

　신한일의 말에 다들 트렁크에서 가방을 하나씩 꺼내 대대 막
사로 들어갔다.

　정문이 아닌 옆문으로 올라갔기에 2층의 1생활관을 가장 먼
저 발견할 수 있었고 그 안에는 연성목이 홀로 총기를 점검하
고 있었다.

　그 모습에 신한일이 씩 웃으며 생활관으로 들어갔다.

하나를 보면 열을 안다고 첫 타자인 연성목을 통해 부대의 수준을 대략적으로 파악하기 위함이었다.

"자네는 왜 생활관에 혼자 있나?"

"쉬어! 충성! 현재 생활관을 쓰는 인원이 저뿐이라 혼자 있었습니다!"

"그래?"

연성목의 칼 같은 제식에 신한일이 흡족한 표정으로 생활관을 둘러보며 말했다.

"생활관 깔끔하네, 준비 잘했나 봐?"

"예! 그렇습니다!"

"그럼 총 한번 볼까?"

신한일은 연성목이 들고 있는 총을 향해 손을 뻗었고 연성목이 총기번호를 크게 외치며 자신의 총을 건넸다. 총을 확인한 신한일이 고개를 끄덕이며 말했다.

"훌륭하다. 거의 새것 수준이구만."

"감사합니다!"

말 그대로였다.

연성목의 총은 병사의 것이라고는 믿기지 않을 만큼 진짜 새것처럼 보였다.

신한일이 연성목을 칭찬하던 그때, 뒤에서 대한이 검은 봉지를 손에 쥔 채 생활관에 들어왔다.

"검열관님? 중대장실로 안 오시고 바로 검열 시작하셨습니까?"

"아, 충성. 소대장님이시구나. 올라오는 길에 한번 봤습니다."

"먼 길 오셨는데 좀 쉬시면서 하시지…… 여기 음료수 드시면서 하십쇼."

대한은 가져온 음료수를 신한일을 비롯한 다른 검열관들에게 나눠 주었고 다들 만족하는 표정으로 대한을 칭찬했다.

"이야, 여기 부대는 센스가 있네."

"안 그래도 뭐 좀 마시고 싶었는데 잘 됐다."

"신 상사, 행정반 가서 이것 좀 마시고 쉬엄쉬엄하지?"

신한일은 같이 온 군무원들의 말에 음료수를 집어 들며 말했다.

"예, 알겠습니다. 일병이 이 정도로 하는 부대인데 천천히 봐도 별문제 없을 것 같습니다."

대한은 곧장 검열관들을 중대장실로 안내했다.

그리고 생활관을 벗어나기 전 연성목에게 조용히 엄치를 치켜들고 한쪽 눈으로 찡긋 윙크를 했다.

그 찡긋거림에 연성목도 그제야 긴장이 풀렸는지 배시시 웃으며 같이 엄지를 치켜들었다.

검열관들을 따라가며 대한은 생각했다.

'역시 이번에도 이리로 오는구만.'

말 그대로였다.

검열관들은 이번에도 전생과 똑같은 루트로 나타났다.

물론 당시의 1생활관에는 곽주진과 연성목, 황재우가 같이 있었고 받은 평가도 최악이었지만 말이다.

덕분에 그날 검열이 굉장히 피곤해졌는데 어떻게 그날을 잊을 수 있겠는가?

그래서 이번엔 작은 꼼수를 하나 썼다.

그것은 바로 연성목과 자신의 총기를 미리 바꿔 둔 것.

그래서 새총 같다고 한 것이었고 시작이 좋으니 검열 난이도도 확 낮아질 게 분명했다.

중대장실 앞에 도착한 대한은 직접 중대장실의 문을 열어 검열관들을 집어넣은 후 행정반으로 향했다.

행정반에는 이영훈과 박태록이 검열관에게 보여 줄 자료를 마지막으로 점검하고 있었고 대한이 주먹을 꽉 쥐어 보이며 승리를 선언했다.

"중대장님, 작전 성공입니다."

"이야, 너 진짜 기가 막힌다. 어떻게 그쪽으로 올라올 줄 알고 미리 총을 바꿔 놨냐."

"혹시 모를 상황에 대비했을 뿐입니다. 지금 중대장실에서 휴식 취하고 있으니 바로 가서 인사드리시면 될 것 같습니다."

"오케이, 보급관님 바로 출동하시죠."

이영훈의 말에 박태록이 고개를 끄덕이며 자리에서 일어났고 두 사람은 곧장 중대장실로 들어갔다.

그로부터 30분 뒤, 이영훈은 검열관들과 웃는 모습으로 나오며 말했다.

"편하게 보십쇼. 제 복무 중점이 '기본에 충실하자'입니다."

"하하, 대화를 해 보니 어떻게 군 생활하셨는지 딱 알 것 같습니다. 그럼 말씀대로 편하게 보겠습니다. 그럼 이제 2생활관부터 보면 됩니까?"

"예, 그렇습니다. 보급관님? 2생활관부터 보면 되지 않습니까?"

"예, 제가 안내해 드리겠습니다."

분위기가 좋다.

하지만 아직 긴장을 늦출 순 없다.

왜냐하면 2생활관에는 마법의 스프레이로 떡칠해 놓은 문제의 M60이 있었으니까.

'제발 곱게 넘어가라, 제발……!'

이윽고 검열관들이 2생활관에 입장한다.

2생활관에 입장한 검열관들은 조금 전까지만 해도 같이 웃고 떠들었던 모습들과는 달리 세상 진지한 모습으로 총기들을 살펴보기 시작했다.

"외부 상태는 완벽하네요. 그럼 이제 내부를 한번 살펴볼까요?"

"요 근래 돌아다닌 부대들 중에서는 가장 완벽합니다."

"광나는 것 좀 봐라. 아까워서 총 쏘겠나."

신한일을 제외한 검열관들이 프로다운 모습으로 총기들을 보더니 이내 칭찬들을 늘어놓는다.

그러고는 각자 총을 잡고 순식간에 힌지를 밀어 내부를 살폈고 그마저도 완벽했는지 흡족한 표정으로 고개를 끄덕이며 총기를 제자리에 내려놓았다.

"보급관님이 병사들 교육을 참 잘 시키셨나 보네요."

"총기 관리는 군인의 기본 아니겠습니까, 허허."

"그렇긴 하지만 원래 기본이 가장 지키기 가장 힘든 것 아니겠습니까. 생활관도 깔끔하고 아주 마음에 듭니다."

"좋게 봐주셔서 감사합니다."

"좋은데 좋다고 말해야죠. 그나저나 이거 M60 아닙니까? 어휴, 뭐 이렇게 오래된 걸……."

검열관은 박태록과 이야기하던 중 문제의 M60을 발견했다.

그가 보기에도 M60은 상태가 심각해 보였는지 자동으로 한숨을 쉬며 총기를 살폈다.

모두가 긴장하기 시작했다.

특히 대한이 긴장했다.

사실상 고물이었던 총기를 겨우 총 느낌이 날 정도로만 만들어 놓은 거라 긴장의 끈을 늦출 수가 없었다.

그러더니 얼마 뒤, 검열관이 여러 의미로 감탄하며 말했다.

"이야, 이건 대체 언제 적 거야? 이렇게 오래된 걸 아직도 사용하고 있다고? 형님 이것 좀 보십쇼."

"이 총이 우리보다 형님이겠는데? 얼마나 닮았으면 어째 총기 번호도 없냐?"

"흐릿하게 보이긴 합니다만…… 와, 형님. 이거 아무래도 월남전 총기인 것 같습니다."

"그런가 보네, 이 총 처음 들어왔을 때가 그때니까. 그나저나 이걸 대체 어떻게 관리하신 거지? 이건 우리도 한 수 배워야 할 것 같은데?"

그 말에 대한은 옥지성과 조용히 눈을 맞추며 희열을 교차했고 이윽고 검열관 중 하나가 박태록에게 물었다.

"보급관님, 이거 실사격 되는 거 맞지 않습니까?"

"예, 주특기 훈련할 때 1소대가 가지고 가는 공용 화기입니다."

"입고 맡기신 적 있으세요?"

"아직 없습니다."

"그게 가능한가…… 기능 고장은 많이 안 납니까?"

"제가 직접 사격하는 건 아니어서…… 이 총은 누가 관리했지?"

그 말에 대기하고 있던 옥지성이 오른손을 번쩍 들며 말했다.

"상병 옥지성! 제가 기관총 사수입니다!"

"사격 제대로 하고 왔지?"

"예, 그렇습니다."

로또부터
장군까지

"기능 고장은 많이 안 났어?"

"다른 M60 총기와 비슷하게 기능 고장이 나긴 했지만, 사격에는 아무런 문제가 없었습니다!"

옥지성의 씩씩한 답변에 박태록이 고개를 끄덕이며 검열관에게 말했다.

"들으신 대로입니다. 그나저나 검열관님, M60기관총에 기능 고장 여부 물어보시는 건 너무하신 거 아닙니까? 기관총 좀 바꿔 주실 때 되지 않았습니까?"

"하핫! 죄송합니다. 너무 신기해서 한번 여쭤봤습니다."

검열관은 박태록의 말에 호탕하게 웃어 보였다.

그도 그럴 게 M60기관총은 사실상 기관총의 역할을 할 수 없는 상태였으니까.

'연발로 하면 총알이 씹혀서 단발로 사격되는 기관총이 말이나 되냐?'

고질병이라 하기엔 민망할 정도로 기능 고장이 많이 났다.

검열관 또한 이 사실을 알고 있었기에 박태록에게 사과를 한 것이었고.

"솔직히 약간의 녹이라도 있으면 미흡 사항으로 체크하려고 했습니다만 이건 예비총열도 칠은 좀 벗겨졌지만 컨디션이 아주 좋습니다. 기관총은 더 볼 것 도 없고요. 그럼 이제 다음 생활관으로 빠르게 넘어가시죠."

"예, 이쪽으로 오시죠."

다행히 별문제 없이 2생활관을 넘길 수 있었고 간부들의 표정이 한결 밝아졌다.

박태록은 3생활관으로 검열관들을 몰고 나갔고 검열관들이 나가고 난 뒤, 대한은 옥지성에게 다가가…….

짜악!

두 사람은 누가 먼저랄 것도 없이 동시에 하이파이브를 하며 생활관에 경쾌한 소리를 만들었다.

"짜식, 욕봤다."

"감사합니다. 이게 다 소대장님 덕분입니다. 저 진짜 소대장님 아니었음 보급관님한테 탈탈 털릴 뻔했습니다."

긴장이 풀렸는지 옥지성이 침대 위로 걸터앉으며 안도의 한숨을 내쉬었다.

"흠 잡히면 휴가 나갈 생각 하지 말라고 하셔서 얼마나 긴장했는지 모릅니다. 그나저나 월남전 때 들어온 거라니, 너무한 거 아닙니까?"

"그러게나 말이다. 뭔 놈의 총이 우리 대대장님보다도 나이가 많아?"

"우리나라 군대 참 너무합니다. 수통도 그렇고 아낄 걸 아껴야지……."

옥지성의 말에 대한이 피식 웃으며 말했다.

"그나저나 저거 정비 안 하고도 기능 고장 안 났어? 거짓말한 거 아냐?"

"에이, 아닙니다. 허위보고한 적 없습니다."

"저 총이 진짜 나갔다고?"

"예, 저도 깜짝 놀랐지 말입니다. 그때 교관님도 총 터질까 봐 엄청 걱정하셨는데 생각보다 잘나갔습니다."

"거 참 신기하네. 노장의 투혼, 뭐 그런 건가? 그나저나 이제 가서 손 좀 씻어라. 지문 사이사이에 때 다 꼈네."

"제가 이 꼬라지를 보고 안 씻을 것 같습니까? 이거 무려 4번은 씻은 겁니다. 아무래도 저 총에 붙어 있는 베트콩의 원혼들 때문에 때가 안 벗겨지는 것 같습니다."

옥지성의 말에 생활관에 있던 인원들 모두가 조용히 웃기 시작했고 대한도 자리에서 일어나며 말했다.

"누가 델몬트 아니랄까 봐 말하는 것 하고는…… 암튼 다들 고생했고 좀 대기하다가 보급관님 지시 따라 움직여. 난 다른 거 검열 받으러 간다."

"예, 고생하십쇼. 충성!"

문제의 M60도 패스했으니 이제 팔부능선은 넘었다.

대한은 슬슬 지뢰탐지기 검열을 위해 다목적실로 향했다.

✳

'다른 간부들 오기 전에 좀 쉬고 있어야겠다.'

대한은 다른 간부들이 없을 거라 생각하고 기분 좋게 다목적실의 문을 열었다.

그런데 다목적실에는 선객이 있었다.

"호준이?"

"어, 왔어?"

아무도 없을 거라고 예상한 것과는 달리 다목적실에는 동기인 정호준이 지뢰탐지기를 점검하고 있었다.

대한이 의아한 듯 물었다.

"중대 검열 벌써 끝났냐?"

"아, 그게…….."

정호준이 어색하게 웃으며 머리를 긁적였다. 그 모습에 대한은 한숨을 쉬며 다가갔다.

"왜, 중대장님이 도움 안 된다고 내려가 있으라고 하시든?"

"어? 그걸 어떻게 알았어?"

당연히 알다마다.

정호준은 1년 내내 그런 대접을 받고 있었으니까.

대한 또한 좋은 대접을 받으며 군 생활을 했던 건 아니지만 정호준은 그 정도가 더 심했다.

동기와 비교하며 늘 무시하는 건 일상이었고 여린 성격 탓에 숙소에서 홀로 눈물 흘리는 나날들이 많았다.

물론 처음부터 그런 대접을 받았던 건 아니었다.

'그러고 보니 내 기억이 맞다면 오늘이 그 기점이었던 것 같은데…….'

이렇게 보니 새삼스레 기억이 났다.

검열관과 중대장이 보는 앞에서 지뢰탐지기를 제대로 작동시키지 못해 털리기 시작했다는 걸.

사용법을 몰라서 그런 게 아니다.

너무 긴장한 나머지 순간적으로 사고가 멈춰 손도 함께 굳은 것.

물론 FM중대장 정우진에게 그런 핑계는 통할 리가 없었고 그때부터 정호준의 고생길이 시작되었다.

대한은 땀을 뻘뻘 흘리며 긴장하는 정호준에게 손수건을 주며 말했다.

"너 긴장 엄청 하는 것 같다. 이걸로 땀 좀 닦아."

"아, 고마워…… 근데 넌 점검 안 해 봐도 괜찮아?"

"응, 아까 다 해 봐서 괜찮아."

"와, 넌 그걸 언제 다 했냐? 안 바빴어? 난 아침부터 정신없어 죽는 줄 알았는데."

"장비 가져다 놓을 때 빠르게 돌려봤지. 너도 얼른 작동시켜 보고 정리해."

"응, 알겠어."

정호준은 서둘러 지뢰탐지기 결합을 완료하고 전원을 켜 작동이 잘되는지 확인했다.

삐이이이이.

감도를 최대로 올리자 감지음이 울리기 시작했고 정호준은 그제야 안도의 한숨을 내쉬며 땀 닦은 손수건을 대한에게 돌려주었다.

"손수건 고마워, 근데 넌 이런 것도 들고 다녀?"

"항상 들고 다니는 건 아니고 검열 때 들고 다니면 급하게 뭐 닦을 때 좋아."

닦고, 조이고, 기름치자.

검열 준비의 기본이지만 사람이 항상 완벽할 순 없다.

그래서 혹시 모를 상황을 대비해서 손수건을 챙겨 나온 것.

'근데 그걸 동기 땀 닦으라고 쓸 줄은 몰랐네.'

그 말에 정호준이 의외라는 듯 대한을 쳐다보며 말했다.

"너 보기보다 엄청 섬세하다. 여자 친구한테 잘해 줄 것 같아."

"여자 친구는 무슨…… 나 모태솔로야."

"엥? 진짜?"

뭔 확인 사살까지 하냐.

전쟁통에도 사랑은 한다지만 대한은 사는 게 바빠 연애에 정신 쏟을 새가 없었다.

무엇보다도…….

'나 같은 놈이랑 연애하면 그 여자한테 미안해서 어떡해?'

가난했고 시간도 없었다.

그런 자신과 엮인 여자는 얼마나 불행한 삶을 살까?

그래서 연애에 대한 관심이 자연스레 줄었다.

그에 정호준이 이상하다는 듯 고개를 갸웃거렸다.

"이상하네, 너 정도면 꽤 괜찮은 거 같은데 왜 여자 친구가 없었지? 내가 소개시켜 줄까?"

"소개는 무슨, 됐어."

대한은 정호준에게 손을 내저으며 거부 의사를 밝혔다.

어찌 보면 좋은 기회일 수 있었지만 대한이 거절하는 데는 다 이유가 있었다.

'예전에도 똑같이 소개받은 적이 있었으니까.'

놀랍게도 전생에 대한은 정호준에게 소개팅을 받은 적이 있었는데 그 이후로 정호준이 조금 미워졌다.

물론 악의는 아니었을 테니 진짜 미워한 건 아니지만……

대한이 화제 전환을 위해 턱짓으로 지뢰탐지기를 가리키며 말했다.

"그보다 지뢰탐지기 다 해체해 둘 거야?"

"응, 그래야 하는 거 아냐?"

"검열 지침도 없는데 그래야 되는 법이 어딨냐, 그냥 최대한 보기 편하게 해 놓으면 되는 거지."

"아, 그런가?"

"그래, 그냥 전부 결합해서 잘 세워 놓자. 그게 훨씬 빨리 끝나."

"응, 알겠어."

일부러 이런 제안을 했다.

대한의 기억이 맞다면 전생의 호준은 결합 과정에서 실수하고 나서부터 머리가 멍해졌다고 들었으니까.

그러니 미리 결합해 놓으면 저번과 같은 실수를 반복하진 않을 터.

대한은 내친 김에 자신의 것도 미리 결합해 세워 두었다.

그리고 잠시 뒤, 이영훈과 신한일이 다목적실에 나타났다.

"1중대 장비들입니다, 검열관님."

"아, 예. 한번 보겠습니다."

온 사람은 신한일 한 사람뿐이었다.

다른 검열관들은 그 사이에 다른 곳들을 점검하고 있었고.

그때, 이영훈이 대한에게 눈빛을 보내며 고개를 끄덕였다.

다른 곳 총기도 모두 무사히 통과했다는 신호였다. 그러니 지뢰탐지기만 잘 넘어가면 됐다.

신한일이 말했다.

"지뢰탐지기 작동 한번 부탁드리겠습니다."

"예, 알겠습니다."

대한은 신한일의 말에 흔쾌히 지뢰탐지기를 들었고 지뢰탐지기의 탐지판을 바닥에 적당히 이격시킨 후 전원을 켰다.

삐이이이이.

헤드폰을 통해 탐지음이 울려 퍼졌고 탐지판을 바닥에 내린 후 서서히 감도를 내렸다.

그러자 소리가 점점 줄더니 이내 들리지 않았고 신한일은 고개를 끄덕이며 점검판에 체크를 했다.

"좋습니다. 그럼 남은 하나도 부탁드리겠습니다."

대한은 나머지 지뢰탐지기도 똑같이 반복했다.

삐이이이이.

마찬가지로 헤드폰을 통해 탐지음이 울려 퍼졌고 서서히 탐지판을 바닥에 내리면서 감도를 내렸다.

그런데…….

'뭐야, 왜 소리가 안 줄어?'

이상했다.

분명 감도를 줄이면 소리가 안 나야 하는데 탐지기로부터 계속해서 소리가 울렸다.

아무래도 탐지기가 고장 난 듯했다.

'아, 시발.'

비상사태였다.

큰일이다.

대한은 직감적으로 확신했다.

이건 고장이 확실하다고.

그도 그럴 것이 감도를 줄이면 소리가 안 나야 정상이었으니까.

신한일이 이상하다는 듯 말했다.

"이제 감도 좀 줄여 주시죠."

"아, 넵."

당황스러웠다.

하지만 당황한 티를 낼 순 없었다.

그럼 모든 게 끝이었으니.

대한은 프로답게 능숙하게 포커페이스를 유지하면서 빠르게 머리를 굴렸다.

'오전에는 분명히 잘됐는데 뭐가 문제인 거지?'

그사이 감도를 몇 번 더 조작해 보았으나 그럼에도 소리는 좀처럼 줄지 않았다.

그때, 대한의 주변에 플라스틱 의자가 눈에 들어왔고 대한은 얼른 플라스틱 의자 위로 탐지판을 올리며 말했다.

"아무래도 건물에 들어 있는 철근 때문에 소리가 계속 나는 것 같으니 잠시만 여기 올려놓겠습니다."

"아, 예. 그러십쇼."

건물 바닥에는 철근이 무조건 있었기 때문에 지뢰탐지기의 감도를 낮추더라도 탐지음이 나올 수 있다.

그래서 신한일도 별로 이상하게 여기지 않았다.

그가 듣기에도 대한의 말은 퍽 납득이 가는 것이었으니까.

이윽고 지뢰탐지기에서 탐지음이 들리지 않았고 신한인을 점검표에 체크를 한 뒤 이영훈에게 말했다.

"장비 점검 끝났습니다. 1중대 관리 완벽합니다."

"좋게 봐주셔서 감사합니다."

"아닙니다. 좋게 봐준 게 아니라 진짜 완벽합니다. 일단 오전은 여기까지 하고 나머지는 오후에 마저 진행하겠습니다."

"예, 알겠습니다. 식사는 군무원분들 복귀하시고 같이 출발하면 될 것 같으니 그때까지 중대장실에서 쉬고 계시면 됩니다."

"예, 알겠습니다."

세 사람은 기분 좋게 중대장실로 향했고 대한과 이영훈은 신한일을 중대장실로 안내한 뒤 행정반에 들어와서야 겨우 숨을 돌릴 수 있었다.

그래도 완벽하다는 검열관의 말에 기분이 좋아졌는지 이영훈이 웃으며 말했다.

"매번 검열이 이렇게 지나가면 분기마다 한 번씩 받을 수 있겠다."

"나중에 큰 장비 있는 부대 가시면 지금 했던 말 주워 담고 싶어지지 않으시겠습니까?"

"아…… 실언했다. 그런데 가면 분기는 무슨 10년에 한 번 받아도 개빡세지."

이영훈이 격하게 고개를 내젓고는 대한에게 물었다.

"아참, 야 대한아. 그나저나 아까 그 지뢰탐지기 뭐냐?"

"아, 그거 아무래도 고장 난 것 같습니다."

"그치 고장이지? 뭔가 좀 이상하더라고. 근데 아까 오전에 검사했을 때만 해도 이상 없다고 하지 않았었냐?"

"예, 맞습니다. 분명 그때까지만 해도 이상 없었습니다. 근데 하필이면 검열받을 때 갑자기 감도 조절이 안 됐습니다."

"쯧쯧, 가는 날이 장날이라고 그래서 계속 소리가 났구만. 근데 중간에 탐지음 끊겼었잖아?"

"그건 그냥 제가 전원을 꺼 버린 겁니다. 어차피 마지막 단계라고 생각해서 꼼수 좀 부려 봤습니다."

"와…… 어쩐지 탐지음이 갑자기 뚝 끊기더라니. 넌 어떻게 그럴 생각을 다했냐?"

"저도 모르게 임기응변이 튀어나온 것 같습니다. 탐지기는 보급관 오면 입고시키라고 하겠습니다."

이영훈의 칭찬에 대한은 한쪽 입꼬리를 올리며 웃었다.

군 생활 짬이 어디 가겠나.

이 정도 상황 대처쯤이야 대한에게 있어 식은 죽 먹기지.

대한의 말에 이영훈이 웃으며 말했다.

"하여간에 센스 참 좋아. 너 같은 후배랑 계속 군 생활하면 진짜 소원이 없겠는데, 진짜 아쉽다. 정말."

"정말 그렇게 생각하십니까?"

"내가 언제 빈말하는 거 봤냐?"

"그럼 장기 하겠습니다."

"뭐?"

"사실 전부터 고민은 좀 하고 있었는데 자꾸 칭찬해 주시고 하니 용기가 생긴 것 같습니다."

"아, 어? 야, 야! A4용지 어디 있어. 각서 써 놔! 이 자식 언제 마음 바뀔지 모른다!"

"에이, 제가 언제 빈말하는 거 보셨습니까."

"이야, 역시 우리 소대장. 멋있다! 그런 의미에서 오늘 퇴근하고 삼겹살 어때?"

"좋습니다. 중대장님 지갑, 기둥 째로 뽑아 드리겠습니다."

"그래그래, 많이 먹어라. 오늘은 진짜 맘껏 사 줄 테니까."

이영훈의 광대가 덩실덩실 춤을 춘다.

대한은 그런 이영훈을 보며 생각했다.

'이제 대대에 소문나는 것도 순식간이겠구만.'

군대처럼 폐쇄적인 곳에선 소문이 무척이나 빨리 퍼진다.

다들 관심 없는 척, 조용히 있는 것 같지만 지루하기 그지없는 군대이기에 이런 것들 하나하나가 이벤트처럼 다뤄졌으니까.

'나랑 내 동기들을 두고 내기판이 벌어지겠구만.'

안 봐도 뻔했다.

대한의 동기는 삼사 출신으로 다들 장기를 희망했으니까.

'대대장한테는 따로 말 안 해도 되겠지.'

발 없는 말이 천 리 간다고, 신난 이영훈이 분명 대대장에게 바로 가서 보고할 게 뻔했다.

대한이 손목에 찬 시계를 보며 생각했다.

'언제쯤 부르려나.'

이제 남은 건 박희재의 호출을 기다리는 것뿐이었다.

식사를 마친 검열관들이 본격적인 검열을 위해 수송부로 이동했다.

말인즉, 더 이상 대한이 할 일은 없다는 말.

남은 시간은 그냥 병력들 관리나 하며 자유롭게 시간을 보내면 되었다.

대한은 개인 업무 처리 전 가볍게 생활관을 한 바퀴 돌아보기로 하고 우선 2생활관부터 방문했다.

"쉬어, 충성!"

"어, 됐어됐어. 그보다 다들 뭐 하고 있냐?"

"혹시 또 언제 검열관이 올지 몰라 긴장하고 있었습니다."

"아냐, 이제 막사에서 하는 건 다 끝났어. 검열관들 수송부 갔거든. 그냥 편하게 쉬면 돼."

"엑, 그래도 너무 허무한 거 아닙니까? 우리가 며칠을 준비했는데 말입니다."

"빨리 끝난 게 좋은 거야, 인마. 너 만약 M60 책 잡혔으면 아직도 그거 수입하고 있을 걸? 그러고 싶어?"

"앗, 절대 아닙니다."

"원래 검열 같은 건 슥 훑고 지나가는 게 제일 좋은 거야. 이제 원상태로 깔끔하게 정리하고 쉬고 있어."

"예! 알겠습니다!"

대한은 다른 생활관들도 차례차례 둘러본 뒤 간부 연구실로 이동했다.

그런 다음 휴대폰을 켜 검색을 시작했고 얼마 뒤 원하는 단체를 찾을 수 있었다.

[대한 인성 교육 협회]

바로 인성 교육주 때 부를 외부 업체였다.

홈페이지에는 아직 군 인성 교육 관련 자료가 보이지 않았다.

당연했다.

외부 업체가 군부대에 도입되는 건 지금으로부터 몇 년 뒤의 일이었으니까.

대한은 홈페이지에 교육단장의 번호를 확인한 뒤 고민 없이 전화를 걸었다.

―예, 교육단장 송창현입니다.

"안녕하십니까. 저는 김대한 소위라고 합니다. 여기가 군부대인데 몇 가지 여쭤볼 게 있어서 연락을 드렸습니다."

―군부대요……? 아, 예! 말씀하세요!

군부대라는 말에 단장의 목소리에 기합이 들어갔다.

대한이 슬쩍 미소 지으며 말했다.

"현재 저희 부대에서 병사들 인성 교육을 위해 외부 업체를 좀 찾아보고 있는 중인데 마침 여기가 눈에 띄어서요. 근데 홈페이지에 관련 자료가 보이지 않아서 전화를 드렸습니다. 혹시 군부대는 강연을 안 하시나요?"

당연히 가능할 것이다.

대한의 기억으로 송창현은 이 시기쯤 군부대에 줄을 만들기 위해 부단히도 노력하고 있었으니까.

'13년도 내내 한 건도 못 했다가 14년도에나 처음 교육을 나왔다고 했었지.'

그러자 아니나 다를까.

—아, 아닙니다! 합니다! 자료는 아직 홈페이지에 못 올렸을 뿐이지 이미 준비되어 있습니다!

"아, 그렇습니까? 근데 여기가 거리가 좀 되는데……."

—아휴, 거리는 상관하지 않습니다. 나라 지키시는 분들인데 거리가 대수겠습니까. 북한만 아니면 어디든지 갑니다.

"잘됐네요. 여긴 영천에 있는 부대이고 일정은 다음 주 화요일에서 목요일까지 진행해 주시면 됩니다. 근데 아직 자료도 없고 해서 그런데 혹시 이번에만 좀 시범 강의를 받아 볼 수 있겠습니까? 괜찮으면 앞으로도 쭉 위탁드릴 의향이 있습니다."

—아, 물론입니다! 당연히 그렇게 해 드려야죠!

예스맨이 되어 버린 송창현.

당연했다.

생각지도 못한 호박이 넝쿨째 들어오려는데 그걸 거절하려

로또부터
장군까지

는 바보가 어디 있을까?

대한이 고개를 끄덕이며 말을 이어 나갔다.

"시원시원해서 좋으신 것 같습니다. 그나저나 강사님들은 몇 분 정도나 오시는지 알 수 있을까요? 숙소는 회관으로 잡아놓겠습니다."

─아, 그렇게까지 해 주시면 저희야 너무 감사하죠. 강사는 저 포함 4명입니다.

"알겠습니다. 식사도 저희 부대에서 제공해 드리겠습니다."

─예, 감사합니다. 근데 저…….

"넵?"

─정말 이번이 처음 맞으신가요?

"왜 그러시죠?"

─아, 그게 다름이 아니라 사실 저희가 군부대 교육이 처음이긴 한데 그거랑 별개로 전부터 군부대와 협업하고 싶어서 이것저것 준비를 많이 하고 있었습니다. 그중에는 협조 사항들도 있었는데 제가 말씀도 드리기 전에 먼저 다 말씀을 주셔서 좀 놀랐습니다.

송창현의 말에 대한은 자기도 모르게 피식 웃음이 나왔다.

'제가 단장님을 몇 번이나 불렀는데 당연히 익숙하죠.'

전생에 매년 최소 한 번씩은 본 사람이었다.

인사 분야에서 근무할 땐 물론 중대장이나 작전 쪽 근무를 할 때도 항상 송창현 단장을 불러 인성 교육을 진행했다.

이유는 간단했다.

일을 잘했으니까.

'진행도 깔끔하고 부대 일정도 늘 고려해 주니 안 쓸 수가 없는 업체였지.'

대한이 대답했다

"그냥 왠지 필요하실 것 같아서 미리 준비를 해 본 것뿐인데 마침 그게 잘 맞아떨어진 모양입니다."

―하하, 넷. 그럼 준비 잘해서 말씀 주신 날짜에 방문드리도록 하겠습니다.

"네, 자세한 주소는 문자로 보내드리겠습니다. 그리고 만약 이번에 강의 품질이 괜찮으면 위에도 건의드려서 군대 인성 교육 우수 사례도 한번 추천해 보겠습니다."

―우수 사례까지……! 정말 열심히 해야겠네요.

"그럼 단장님만 믿고 있겠습니다."

―넵! 최선을 다해 준비해 가겠습니다!

단장의 입이 찢어질 듯 벌어진다.

만약 우수 사례로 채택되면 그만한 홍보도 없을 테니까.

통화를 마친 대한은 바로 인사과로 향했다.

예산 절약 방안까지 확보했으니 이제 우리 선배님, 고종민의 숨통을 틔워 줄 차례.

인사과로 향하는 대한의 발걸음이 무척이나 가볍다.

"……첫 강의를 무료로 해 준다고?"

"예, 그렇습니다. 대신 군 인성 교육 우수 사례로 채택해 주면 그쪽에서도 좋아할 것 같습니다."

"그건 일도 아니지. 와, 대한아 네가 말한 오후에 있을 좋은 소식이란 게 이거였냐?"

"예, 그렇습니다."

"넌 진짜……."

대한의 일처리 솜씨에 고종민은 감탄하다 못 해 짜릿함을 느꼈다.

가장 난관이 될 것으로 여기던 예산 문제가 해결되었으니 고종민이 아주 큰 죄라도 저지르지 않는 한 이번 안건은 부드럽게 통과될 게 뻔했기 때문이다.

'다른 사람도 아니고 정작과장인데 이 정도 준비는 해야지.'

정작과장은 보통대대급 부대의 2인자쯤 되는 사람인데 대대장이 전역을 앞둔 대한의 부대 같은 경우, 실질적으로 1인자로 군림하고 있는 사람이었다.

그리고 그것과는 별개로 대한이 기억하는 정작과장은 대대에서 가장 성질머리 더러운 사람 중 하나라는 것.

그렇기에 이 정도 준비는 선택이 아닌 필수였다.

"그럼 이제 보고하러 가도 되냐?"

"예, 선배님. 가서 당당하게 꿈을 이루고 오십쇼. 근데 정말 구두로만 보고하려고 그러십니까?"

"저번에 정작과장님이 뭐 기획할 거 있음 괜히 서류 만들어서 일 키우지 말고 우선 구두 보고부터 하라고 했거든. 아무튼 지금 바로 간다."

"예, 잘 다녀오십쇼!"

고종민이 자리에서 일어나 뽀빠이처럼 가슴을 내밀고 성큼성큼 정작과로 향하기 시작한다.

'우리 종민이 파이팅.'

대한은 그 뒤에서 무언의 응원을 보내 주었고.

chapter 4

정작과 앞.

고종민이 심호흡을 한번 하고 정작과의 문을 열었다.

"충성!"

"어, 인사. 어쩐 일이야?"

작전교육장교가 고종민을 알은척했고.

"과장님께 보고드릴 사항이 있어서 왔습니다!"

그 말에 눈으로 정작과장을 가리켰다.

그러나 업무에 집중하고 있는 정작과장은 고종민을 쳐다보지도 않았다.

익숙한 대접이었다.

저 양반은 원래 저런 양반이었으니까.

그렇기에 고종민은 기분 나쁜 기색 없이 정작과장에게 조심스럽게 다가갔다.

"저…… 과장님?"

"왜?"

심드렁하되 묘하게 퉁명스러운 목소리, 시선은 여전히 모니터 화면에.

그 모습들은 정작과장 여진수가 어떤 사람인지를 잘 알려 주는 부분이었다.

'이 양반은 진짜 한결같네.'

정작과장 여진수.

학사 출신 장교로 어찌 보면 입지가 약해 보이는 사람이었지만 그는 절대로 약한 사람이 아니었다.

그는 학사 출신임에도 불구하고 소령 1차 진급은 물론 정규 과정에서도 발군의 성적을 받은 인물이었으니까.

쉽게 말해 학사 1번이라고 불리는 소위, 잘나가는 군인이었다.

그리고 그가 잘나가게 된 것은 뒷배가 좋거나 아부를 잘해서가 아니다.

그는 정말로 일을 잘했다.

출신지를 까다롭게 보는 선배들조차 그의 업무 능력을 보고 예뻐할 정도로 말이다.

하지만 그에게도 단점이 하나 있었다.

그것은 바로 완벽한 업무 처리 능력을 위해서라면 하급자가 얼마나, 어떻게 갈려 나가든 전혀 신경 쓰지 않는다는 것.

그의 명성은 자자했다.

오죽했으면 고종민이 인사과장으로 오고 나서 가장 두려워했던 게 대대장이 아닌 정작과장이었겠는가.

그래서 최대한 정작과장을 피해 다녔는데 오늘만큼은 용기를 내야 했다.

후배가 다 차려 준 밥상을 상관 무섭다고 나 몰라라 하는 못난 짓을 할 수는 없었으니까.

"다음 주에 있는 집중 인성 교육 주 관련해서 말씀드릴 게 있습니다."

집중 인성 교육주란 말에 그의 미간이 좁힘과 동시에 눈썹이 슬쩍 올라간다.

"……뭔데?"

"이번 교육은 기존의 방식인 소대장들이 직접 소대원들을 교육하는 게 아닌 다른 방식으로 한번 진행해 보려고 합니다."

그 말에 여진수는 그제야 모니터에서 눈을 떼며 의자에 등을 붙였다.

그런 다음 여전히 좁힌 눈매를 유지하며 고종민을 올려다보았다.

"그게 무슨 소리야? 다른 방식이라니? 네가 통합으로 하려고?"

"통합은 맞는데 제가 하려는 건 아닙니다."

"그럼 누가 하는데?"

"외부 업체를 섭외해서 진행하고자 합니다."

그 말에 여진수의 얼굴이 사정없이 구겨졌다.

"하 나 시발…… 야, 바빠 죽겠는데 그건 또 뭔 헛소리야?"

"허, 헛소리 아닙니다."

"그게 헛소리가 아니라고? 뻔히 진행해 오던 매뉴얼이 있는데 왜 굳이 일을 늘리려는 건데? 너, 뭐 김대한이가 뭔가 개한테 물들었나?"

여진수의 말에 순간 고종민은 뜨끔했다.

대한의 말 때문에 보고를 하러 온 건 맞았으니까.

하지만 여기서 꼬리를 내릴 순 없다.

후배한테 그렇게 큰소리를 땅땅 쳐 놨는데 여기서 백기를 들고 물러나면 자신의 체면이 뭐가 되겠는가?

그리고 굳이 체면 문제가 아니더라도 앞으로를 위해서라도 이번 일은 반드시 극복하고 밀고 나가야 할 문제였다.

고종민이 심지 있게 말을 이어 나갔다.

"물론 기존의 매뉴얼이 존재하긴 하나 전문 강사를 초빙하면 병력들에게 훨씬 더 질 높은 교육을 보장해 줄 수 있을 것 같아서 의견을 내보았습니다."

"참 나…… 그래, 그렇다고 치자. 그럼 업체는? 업체 선정은 끝났어? 그리고 예산은? 외부 업체면 돈 줘야 될 거 아냐. 너 설마 나한테 예산 달라고 하는 건 아니지?"

"아닙니다. 업체도 미리 알아봤고 첫 교육에 한해선 무료로 강의를 진행해 주겠다는 답변도 받았습니다. 저희는 강사들의 밥과 숙소 문제만 해결해 주면 될 것 같은데 밥은 병영 식당에서, 잠은 회관에서 재우면 될 것 같습니다."

그 말에 여진수가 다시 눈살을 좁혔다.

의외로 탄탄하게 계획을 구성해 와서 의외라는 생각이 들었기 때문이다.

하지만 그렇기 때문에 의심이 됐다.

"이거 네 아이디어 아니지?"

"예? 그게……."

"누구야? 누가 이런 아이디어를 냈어? 이건 절대로 네 대가리에서 나온 게 아니야."

어찌 보면 너무하다 싶을 수도 있는 말이었지만 사실이긴 했다.

고종민은 아직 이런 창의력을 발휘할 만한 깜냥이 안 됐으니까.

그렇기에 고종민도 짧은 시간 수많은 갈등 끝에 대답했다.

"실은…… 김대한 소위와 이야기를 나누다 좋은 의견인 것 같아서 기획해 보았습니다."

"김대한?"

"예, 그렇습니다."

그 말에 여진수의 입꼬리가 올라가며 헛웃음을 터뜨렸다.

"또 그 자식이야? 아니 그 자식은 어디 안 끼는 데가 없어? 야, 인사."

"중위 고종민."

"김대한이 손잡고 내 앞에 등장하는 데까지 10초 준다. 하나, 둘……."

여진수가 손가락으로 숫자를 세기 시작했고 접히는 그의 손가락을 본 고종민이 황급히 정작과를 벗어나 대한을 찾기 시작했다.

✳

고종민이 정작과에서 대한을 찾기 시작한 그 시각.

대한은 인사과에서 커피를 마시며 인사과 계원들과 여유로이 시간을 보내는 중이었다.

"요즘 바쁘냐? 동원 끝나서 안 바쁘지?"

"예, 동원 때 죽는 줄 알았는데 이제 좀 살 만합니다."

"다행이네. 그래도 자료 정리 잘해 놔. 너 내년에도 또 해야 하잖아."

"아, 소대장님. 왜 벌써 내년 이야기를 하고 그러십니까. 속상하게."

"속상하긴 개뿔이나, 미리미리 준비하면 좋지 뭘 속상해? 그리고 내년에 내가 인사과장 올 수도 있잖아. 다음 상급자의 지시라고 생각해."

군대의 거의 모든 분야가 똑같겠지만 전년도 자료가 확실하게 살아 있는 것이 임무수행하기에 훨씬 수월했다.

그래서 당부를 하는 것이다.

대위급 보직들이야 대위들이 알아서 잘하지만, 중위급 보직에선 전년도 자료가 잘 남아 있는 경우를 기대할 수가 없었으니까.

이유야 간단했다.

보통 중위에서 전역하는 인간들이 많아 대충하고 갔으니까.

물론 대한의 경우엔 자료가 있든 없든 상관없었지만 그래도 있으면 편한 걸 굳이 포기할 이유는 없었다.

대한의 말에 계원이 눈을 휘둥그레 키우며 물었다.

"오, 소대장님이 내년 인사과장으로 오십니까?"

"왜, 싫나?"

"아닙니다! 저는 좋습니다! 다른 사람도 아니고 소대장님이시라면 언제든 환영입니다."

"다른 사람도 아니고? 호오, 그렇단 말은 벌써 소위들 평가를 마쳤다는 거네?"

"어, 아, 어, 그게 아니라……."

"내가 오면 좋은 이유를 깔끔하게 3가지만 말해 봐. 지금 말 못하면 뒷담화 깐 걸로 간주한다. 간부 뒷담화 까다가 걸리면…… 알지?"

"아, 아닙니다! 뒷담화라니 그런 사실 없습니다."

"농담이야, 인마. 근데 내가 왜 제일 괜찮냐?"

농담이라고 했지만 계원은 긴장을 늦추지 않았다.

"어…… 일단 제일 군 생활에 욕심이 없어 보이십니다."

"……엥?"

인사과 계원의 말에 대한이 놀란 표정을 짓는다.

'내가 병사들한테 장기 안 한다고 말한 적이 있었나?'

없었던 것 같은데?

뭐, 저렇게 알고 있다고 해도 큰 상관은 없었다.

원래는 그랬지만 이젠 다시 장기 하기로 마음이 바뀌었으니까.

그래서 뒷말을 덧붙이지 않고 계속해서 경청하기로 했다.

도대체 뭘 보고 저런 말을 하는지 궁금했기 때문이다.

"내가 그렇게 보인다고?"

"예, 그렇습니다. 당직 근무 서실 때도 그렇고 병력들 지휘할 때도 느낌이 딱 전역 예정자분들 보는 것 같았습니다."

"아…… 난 또 뭐라고. 좋아, 인정. 그럼 이제 2개 남았다."

"노, 농담이라고 하지 않으셨습니까? 진짜 3개 다 말합니까?"

"궁금해졌어. 말하는 김에 한번 말해 봐. 들어나 보자."

"음, 또 하나는 일을 정말 잘하시는 것 같습니다."

"음? 네가 나 일하는 거 봤어?"

"그건 아니지만 다른 간부님들 사이에서 소대장님에 대한 안 좋은 말을 한 번도 들어 본 적이 없습니다. 또 대대장님이 칭찬 하시는 걸 몇 번이나 들었습니다."

대한은 계원의 말에 고개를 끄덕였다.

사실 인사과는 간부들의 휴게실 같은 곳으로 대한뿐만이 아 니라 중대장급 간부들이 편하게 놀러오는 곳이었고 그 과정에 서 계원들은 굳이 듣고 싶지 않아도 알아서 간부들 이야기를 듣게 되었으니까.

'대대 분위기를 파악하고 싶으면 인사과 계원들한테 물어보 라는 말이 있을 정도니……'

그래서일까?

문득 궁금해졌다.

"그럼 누가 욕을 제일 많이 먹냐?"

"어, 그게…… 소대장님 빼고는 다 비슷한 것 같습니다."

"그래?"

하긴 다른 사람이라고 해 봤자 2중대 소대장들일 텐데 두 사 람 다 비슷비슷한 병아리 수준이었으니까.

그래서인지 괜히 미안해졌다.

대한이 보기에 그 두 사람은 딱히 일을 못 해서 욕을 먹는다 기보단 자신이라는 비교 대상이 생겨 욕을 먹고 있을 확률이 높 을 테니까.

'나중에 밥이라도 사 줘야겠네.'

그래도 어쩌랴.

동기 생각해서 일부러 일을 못 할 수도 없는 노릇이니 말이다.

"좋아, 그럼 마지막은? 마지막이 제일 중요한 거 알지?"

"예, 마지막은……."

그때였다.

쾅!

누군가 인사과 문을 힘껏 열어젖히고 들어왔다.

고종민이었다.

고종민이 숨을 거칠게 헐떡이며 말했다.

"야, 내 핸드폰 좀 빨리…… 어, 너 여기 있었냐?"

"예, 그렇습니다. 선배님 무슨 일이십……."

"야, 됐고 빨리 나와! 급하다!"

대한은 고종민의 손에 끌려가듯 나왔고 그대로 정작과로 고종민과 함께 뛰어갔다.

정작과로 뛰어가며 대한이 물었다.

"선배님, 무슨 일인지는 말씀해 주셔야 하지 않겠습니까?"

"야, 대한아. 일단 미안하다."

"……예?"

"과장님이 너 데리고 오라신다. 인성 교육 때문인데 이번 안건 아이디어가 너랑 이야기하다가 나왔다니까 갑자기 너 데리고 오라시라더라."

"그, 그렇습니까?"

어쩐지 그냥 좋게 넘어가나 했다.

근데 대체 뭐라고 말했길래, 이 난리를 치는 거지?

눈치를 보아하니 고종민도 모르는 것 같아서 일단 직접 한번 부딪혀 보기로 했다.

두 사람은 곧 정작과에 도착했고 빠르게 문을 열고 들어가 곧장 여진수 앞에 섰다.

"충성! 찾으셨다고 들었습니다!"

"야, 인사. 10초 지났잖아. 뒤질래?"

"죄, 죄송합니다!"

"둘 다 내 앞에 딱 서."

그 말에 고종민이 쭈뼛쭈뼛 대한의 옆으로 다가섰고 두 사람을 번갈아 보던 여진수가 입을 열었다.

"김 소위."

"소위 김대한!"

"너 왜 이렇게 설치고 다녀?"

"죄송합니다!"

"뭐가 죄송한데? 내가 널 왜 불렀을 것 같냐?"

아놔.

이 양반 또 시작이네.

하지만 대한은 당황하지 않고 바로 대답했다.

"인사과장에게 집중 인성 교육주 관련해서 부르셨다고 들었습니다!"

"내가 그거 때문에 부른 거 같냐?"

그럼 왜 불렀는데?

대한은 순간 그렇게 대답할 뻔 했으나 여진수의 찌그러진 미간을 보고 바로 정신을 차렸다.

'내가 영관급을 오랜만에 상대해서 잠시 감을 잃었구나. 당연히 저걸 물어본 게 아니지.'

정신을 차린 대한이 여진수의 의도를 바로 파악하고 다시 대답했다.

"들어온 지 얼마 안 된 소위가 부대가 어떻게 돌아가는지도 모르고 의욕만 넘쳐서 부르신 것 같습니다!"

대한의 말이 끝난 순간, 여진수는 물론 정작과에 있던 모든 인원들의 눈이 커졌다.

그중 여진수의 반응이 가장 컸는데 독불장군 같은 그의 얼굴에 놀람이 가득했다.

아니, 놀라다 못 해 당황했다.

"뭐, 뭐야? 뭔 대답이 이래?"

"죄송합니다!"

자기가 할 말을 대한이 먼저 해 버리자 여진수는 여간 당황스러운 게 아니었다.

대한은 그때를 놓치지 않고 말을 이어 나가기 시작했다.

"죄송합니다! 군의 발전과 안정적인 부대 운영에 기여하고 싶은 마음이 큰 나머지 실수를 저질렀던 것 같습니다!"

"……그걸 생각하고 한 일들이라고?"

"예, 그렇습니다!"

"진짜 또라이 같은 놈을 다 보겠네…… 야, 외부 업체 위탁 교육이 어떤 면에서 군의 발전에 도움이 되는데? 멀쩡한 소대장들 활용하면 되잖아."

이건 어느 정도 예상한 반응.

그도 그럴 게 그는 옛날 군인들과 비슷한 마인드를 가지고 있어 대한의 제안을 낭비라고 생각하고 있었기 때문이다.

그렇기에 대한은 미리 생각해 둔 답변을 꺼내 놓기 시작했다.

"물론 정작과장님 말씀처럼 소대장들이 할 수도 있습니다! 하지만 전문성이 떨어지는 소대장들보단 전문가가 훨씬 더 병사들에게 이로울 것이라 판단되어 말씀드려 보았습니다!"

"인성 교육에 전문가가 어디 있다고 그런 소리를 하나?"

"쓸모없는 지식은 없고 전문성 없는 분야 또한 없다고 생각해서 그랬습니다! 실제로 선정된 업체는 그런 경험이 많고 강사진들도 다수 포함되어 있어 전문성이 있어 보였습니다!"

군부대 교육이 처음이란 말은 생략했다.

군이 쓸데없는 사족을 덧붙일 필요는 없었으니까.

그렇다고 거짓말을 한 건 또 아니었다.

업체 홈페이지에 들어가 보면 수많은 교육 현장 사진들이 올라와 있었으니까.

여진수는 대한의 말에 어이가 없다는 듯한 표정을 지은 채 물었다.

　"그럼 누구 허락받고 그런 짓거릴 마음대로 했는데?"

　"인사과장이 실무자로 알고 있어 인사과장과 인성 교육에 대해 이야기하고 진행한 것입니다!"

　"고종민이."

　"중위 고종민!"

　대한의 지원사격에 자신감을 얻은 것인지 고종민이 큰 목소리로 대답했다.

　"내 허락 왜 안 받았어?"

　"저번에 과장님이 어떤 일이든 추진하고 싶은 게 있으면 괜히 서류부터 만들어 쓸데없이 시간 낭비하지 말고 구두로 먼저 보고하라고 하셔서 최대한 준비를 한 다음 보고를 드렸습니다!"

　사실이었다.

　여진수도 그 말을 기억하고 있었고. 그리고 여진수는 쓸데없는 걸로 트집잡고 혼내는 사람이 아니었다.

　여진수가 미간을 어루만지며 중얼거렸다.

　"하…… 이래서 초급 간부들이 문제야."

　여진수는 얼마간 더 얼굴을 만지더니 한숨을 푹 내쉬고는 대한에게 물었다.

　"야, 김대한."

"소위 김대한!"

"아까 말한 군의 발전과 안정적인 부대 운영이 이번 인성 교육과 무슨 상관이 있는지 한번 설명해 봐. 납득 가면 넘어간다. 대신…….."

여진수가 대한과 눈을 똑바로 맞추며 말했다.

"만약 내가 납득 못하면 넌 매일 아침 나한테 와서 그날 뭐 할지 계획표로 보고하고 일해. 알겠어?"

여진수의 말에 고종민은 순간 후회했다.

그도 그럴 게 납득을 안 하려면 충분히 안 할 수 있는 사람이라고 생각했으니까.

그러나 대한의 생각은 좀 달랐다.

대한은 여진수의 경고가 별로 대수롭지 않다는 듯 큰 목소리로 대답했다.

"바로 말씀드리면 되겠습니까!"

"이놈 봐라 이거. 긴장도 안 하네? 내가 보고 안 받을 것 같냐?"

"아닙니다. 진짜로 제대로 받고 수정도 하실 것 같습니다!"

"……상관없다는 듯이 말한다?"

"예, 오히려 좋다고 생각했습니다! 정작과장님쯤 되는 분이 직접 군 생활에 대한 지도를 해 주시면 저한테는 몹시 좋은 기회라고 판단되었기 때문입니다!"

"하, 나 이 새끼…… 이 와중에 그런 소리를 다 하네. 좋아,

이빨 터는 것만큼 얼마나 말을 잘 하나 보자. 일단 두 가지만 한 번 말해 봐."

여진수는 대한의 처세에 어이없음을 표했지만 그렇다고 싫은 건 아니었다.

오히려 기분이 조금은 풀렸다.

그도 그럴 게 타인에게 인정받는다는 건 상, 하급자를 가리지 않고 뭐든 다 좋은 일이었으니까.

대한은 여진수의 기분이 풀어졌다는 걸 눈치채고 더더욱 자신감 있게 대답하기 시작했다.

"먼저 안정적인 부대 운영부터 말씀드리겠습니다. 최근 병사들 간의 사고 사례가 증가하고 있습니다. 부조리, 폭력 그 사례는 다양하지만 큰 틀로 봤을 때는 제대로 된 인성 교육이 부족해서 일어나고 있는 것으로 생각됩니다."

"……계속해 봐."

"예, 병사들의 인성 수준을 정확하게 파악할 수는 없겠지만 교육의 질은 확연한 차이를 둘 수 있습니다! 그러니 이번 기회에 소대장이 아닌 전문 강사로 교육에 대한 질적 차이를 두어 부대에 일어날 사고들을 미연에 방지할 수만 있다면 장기적인 관점에서 봤을 때 안정적인 부대 운영에 큰 기여를 할 수 있을 것으로 생각합니다!"

"그리고?"

"이어서 말씀드리겠습니다! 병사들의 문제점을 파악해 빠르고 지혜롭게 대처를 하게 되면 병사들에게 군이 발전하고 있다는 인식을 심어 줄 수 있고 병사들이 전역한 후에도 그러한 미담들이 퍼져 나감으로써 군의 이미지 개선에 큰 도움이 될 것으로 사료됩니다! 이상입니다!"

대한의 말이 끝나자 정작과에 있던 모든 인원들이 입을 반쯤 벌린 채 대한을 쳐다보았다.

여진수도 마찬가지였다.

이윽고 얼마간의 침묵 끝에 여진수가 자리에서 일어나며 대한에게 말했다.

"······내일 아침까지 일과 계획 보고 받으러 와."

뭐지?

이렇게까지 말했는데도 납득을 못 했다고?

역시 일 잘하고 말 잘하는 것과는 별개로 인성 문제는 별수 없는 건가······.

그러니 어쩌랴.

위에서 까라면 까야지.

대한은 일단 씩씩하게 대답했다.

"예, 알겠습니다!"

그러자 여진수가 고개를 모로 기울이며 코웃음을 쳤다.

"진짜로?"

"예! 깔끔하게 작성해서 매일 아침 일과 시작 전에 와서 검사 받겠습니다!"

그 말에 고종민은 죄인이라도 된 것처럼 고개를 푹 숙였다.

어찌 보면 자신이 대한에게 혹을 하나 붙여 준 것이나 다름 없었으니까.

그렇기에 가만히 있을 수가 없었다.

양심이 있지.

선배 된 도리로써 이번 일을 묵과하면 앞으로 대한의 얼굴을 어떻게 보겠는가?

고종민이 막 입을 열려던 찰나, 여진수가 먼저 말했다.

"참 신기해. 나 때는 정작과장이 무서워서 정작과에 들어오지도 못했었는데…… 군대가 변하긴 많이 변했나 봐. 중, 소위 애들도 막 들락거리는 걸 보면."

뭐지.

무슨 의미지?

두 사람이 마른 침을 꼴깍 삼키자 여진수가 두 사람을 번갈아 가며 쳐다보더니 대한의 이름을 불렀다.

"김대한."

"소위 김대한!"

"넌 내가 한가해 보이냐?"

"아닙니다!"

"근데 아침마다 내 시간을 뺏겠다고?"

"……죄송합니다?"

"매일 아침 네가 보고하러 오면 내가 얼마나 귀찮겠어. 안 그래?"

어느 순간, 여진수는 웃고 있었다.

그리고 그 미소를 본 대한은 자기도 모르게 속으로 환호성을 내지를 수밖에 없었다.

"예! 그렇습니다! 안 그래도 바쁘신 정작과장님이 제 일과까지 통제하시려면 굉장히 귀찮으실 것 같습니다!"

"하여간에 이빨은…… 좋아. 일단 두 사람이 계획한 거 난 괜찮다고 생각한다. 업체 선정도 완료되었고 비용 문제도 해결했다고 하니 제대로 서류 작성해 와서 다시 보고해. 알겠어?"

"예! 알겠습니다!"

"그리고 인사."

"중위 고종민!"

"참모라는 새끼가 어떻게 종이 쪼가리 한 장 없이 보고하러 와?"

"죄송합니다!"

"내가 아무리 말을 그렇게 했어도 일에 대한 확신이 있으면 서류를 만들어서라도 갖고 왔어야지."

"……죄송합니다."

"쯧쯧, 군 생활 계속해 보겠다는 놈이 이렇게 센스가 없어서야 되겠어? 지휘관은 몰라도 참모는 서류로 이야기하는 거야, 알아?"

"예! 명심하겠습니다!"

지가 구두로 먼저 하라고 해 놓고선…….

그래도 일이 잘 풀렸으니 별로 기분 나쁘진 않았다.

여진수가 시선을 옮겨 대한에게 말했다.

"김대한."

"소위 김대한!"

"오랜만에 똘똘한 놈 하나 들어왔다고 대대장님 칭찬이 자자하시던데, 확실히 그런 것 같네."

"감사합니다!"

"그렇다고 자만하지 말고. 사람은 늘 겸손해야 해. 알아?"

"예, 명심하겠습니다!"

"좋아. 그럼 너도 인사과장 도와서 네가 아까 나한테 말했던 것들 전부 다 개요에 넣어서 서류 작성이나 도와줘라."

"예! 알겠습니다!"

"그리고 네 진짜 생각이 뭔지는 모르겠지만, 조금 전 나한테 한 대답은 군인으로서 완벽했다고 생각한다."

"감사합니다!"

"그렇다고 계속해서 설치라는 건 아니다. 아까도 말했지만 겸손해야 돼. 또 다른 소대장들처럼 조용히 지내 조용히. 너 때문에 정작과장 다시 시작하는 것 같다. 업무 파악해 놓았던 게 아무 소용이 없어졌어."

뭐, 매뉴얼을 새로 짠다는 게 말처럼 쉬운 건 아니니까.

그래도 기분은 좋았다.

대한이 입가에 미소를 잔뜩 걸며 대답했다.

"예! 있는 듯 없는 듯 조용하게 지내겠습니다!"

"표정에선 믿음이 전혀 보이지 않는데?"

"오해십니다!"

"그래, 부디 나도 오해였으면 좋겠다. 아무튼 서류 작성하는 데 30분 준다. 그 뒤에 검토받고 인사 네가 대대장님 보고 직접 들어가, 알겠어?"

"예! 당장 만들어서 검토받겠습니다!"

"나가 봐."

"고생하십쇼! 충성!"

여진수는 손을 휘저어 두 사람의 경례를 받아 준 뒤 다시 자신의 업무에 집중하기 시작했고 두 사람은 정작과에서 벗어나자마자 안도의 한숨을 푹 내쉬었다.

"하……"

그새 십년은 늙은 것 같다.

하지만 후회는 없었다.

오히려 보람이 밀려왔고 고종민이 어색하게 웃으며 말했다.

"미안하다, 대한아. 그리고 고맙다."

"에이, 아닙니다."

"그래도 선배가 되어 가지고 내 선에서 해결했어야 했는데 갑자기 화를 내서 가지고…… 내가 나중에 밥 한 번 살게."

"하하, 진짜 괜찮습니다. 그나저나 얼른 가서 서류 만드셔야 될 것 같습니다. 30분은 생각보다 짧지 않습니까."

"그래, 알겠다. 사과는 일 끝나고 밖에서 제대로 할게."

"좋습니다. 얼른 가시죠."

"담배 한 대 피울 시간은 없겠지……?"

"선배님, 원래 서류 작성 전에 흡연은 필수 아니겠습니까?
바로 흡연장으로 가시죠."

"크큭, 그래. 딱 세 모금이면 다 피운다. 얼른 갔다 가자."

두 사람은 흡연장으로 향했고 서둘러 담배를 피운 뒤 인사과
에서 서류 작성에 집중했다.

그로부터 약 20분.

대한의 도움으로 깔끔한 서류가 완성되었다.

고종민은 서류를 출력해 여진수에게 가져갔고 당연히 통과
받은 뒤 대대장실로 향했다.

대대장실 앞에서 대한이 말했다.

"다녀오십쇼, 결과는 뿌려 주시는 문서로 확인하겠습니다."

"후, 정작과장님도 정작과장님이지만 대대장님 보고는 진짜
매번 떨린다."

"오히려 대대장님이 더 편하지 않습니까? 저희가 가져가는
것들 다 긍정적으로 봐 주시는데 뭐가 걱정이십니까."

"네가 가니까 긍정적이신 거야. 내가 혼난 게 몇 번인데……
아무튼 다녀올게."

"서류 다 보시기 전에 핵심 내용 먼저 구두로 설명드리십쇼.

그러면 더 관심 가지고 보실 겁니다."

"그래, 그렇게 해 볼게. 넌 인사과에 가 있을 거냐?"

"중대 잠깐 올라갔다 오겠습니다. 자리를 너무 오래 비운 것 같습니다."

"알겠다. 좀 있다 연락할게."

"예, 잘하고 오십쇼!"

대한은 고종민이 대대장실에 들어가는 모습을 지켜본 후 곧장 중대 간부 연구실로 향했다.

동시에 생각했다.

당분간 인사과에는 절대로 가지 않겠다고.

그때, 주머니 속 휴대폰이 울렸다.

'음?'

이영훈인가 싶어 확인해 보니 발신자는 다름 아닌 오정식이었다.

오정식의 이름을 확인한 대한은 발걸음을 돌려 후문 공중전화 박스로 들어가 전화를 받았다.

"왜?"

-야, 웬만하면 전화도 안 하고 나 혼자 알아서 하려고 했는데 이건 너도 알아야 할 것 같아서 전화했다.

뭐지?

뭔데 이렇게 불안감을 조성하지?

대한이 짐짓 긴장한 채로 물었다.

"뭔데? 그렇게 호들갑이야?"

ー고아스 주식 매입하는 거 10억 정도 예상했었잖아?

"그치? 근데 그것도 매입하기 쉽지 않다며."

ー나도 그럴 줄 알았어. 근데 우리가 매입한 첫날 상한가 찍고 난 다음에 거래량이 터졌거든?

"근데? 다 사면 되잖아?"

ー아, 당연히 다 샀지. 근데 그것 때문에 또 상한가 근처까지 갔고 그날 거래한 것만 10억을 그냥 넘겼어.

"잘된 거 아냐? 물량은 충분히 확보했잖아."

ー그게 문제가 아냐. 그거 때문인지 며칠간 계속해서 매도세가 너무 강해. 다들 본전 건지려고 팔자 마인드로 돌아섰다고. 이러면 네가 말한 소스가 나오기도 전에 우리 자산은 반토막행일 것 같다.

고아스 주식을 목표치만큼 매수한 뒤 오정식은 매수를 멈췄고 그와 동시에 매도 물량이 넘치기 시작했다.

본전만을 기다리던 투자자들이 물량을 던지기 시작한 것.

덕분에 지금 법인 계좌 자산은 마이너스 20%를 넘게 기록 중이었고 돈으로 따지면 약 3억을 넘게 손실 보고 있는 상황.

오정식으로선 당연히 걱정될 수밖에 없었다.

아무리 자기 돈이 아니라지만 집 한 채 가격이 사라지고 있으니 말이다.

'난 또 뭐라고.'

결국 불안해서 전화했다는 거구만.

대한이 피식 웃으며 말했다.

"잘됐네. 차라리 물량 나온 거까지 다 주워 담아 버려. 물 타기 하자."

그 말에 오정식은 여태 지은 인상 중 가장 깊게 미간을 찌푸리며 물었다.

─미친놈아 마이너스 20%라니까? 자그마치 3억이 날아갔다고.

"어차피 10억치 사려고 했던 것도 물량 없을까봐 그런 거잖아, 난 물량만 있었으면 원래 올인 박으려고 했던 거 기억 안 나? 그러니까 나 믿고 지금 나와 있는 거 싹 쓸어 담아 버려."

─야, 대한아. 아니, 대표님. 생각 잘하고 말씀하신 거 맞으시죠? 이거 주가 안 올라가면 그냥 꽉 물리는 겁니다. 이런 작은 주식은 팔기도 힘든 거 아시죠?

"거, 참…… 오 사원, 잔말 말고 진행시켜."

─하…… 난 진짜 모르겠다.

말이 안 통한다.

근데 어쩌겠는가.

사장이 까라면 까야지.

오정식은 대한의 말을 듣고 컴퓨터를 만지기 시작했다.

그러더니 얼마 뒤, 스피커 너머로 반가운 소리가 들려오기 시작했다.

―매수 주문이 채결되었습니다.

―매수 주문이 채결되었습니다.

―매수 주문이 채결되었습니다.

―매수 주문이…….

음.

잘하고 있군.

이어 한숨을 크게 내쉰 오정식이 대한에게 상황을 알렸다.

―난 몰라. 네 말대로 다 샀어. 들어간 돈만 30억이고 회사 지분만 10프로야. 네가 말한 호재 없으면 그냥 이 회사에 돈 묻어 둔다고 생각해야 돼.

"걱정하지 마, 일주일. 딱 일주일 안에 그거 다 팔 수 있을 거야."

대한은 날짜를 확인하며 오정식에게 말했고 오정식은 대한의 확신에 한숨만 내쉴 뿐이었다.

―알겠다.

"어, 끊어. 아참, 심장 벌렁거리면 청심환이라도 사먹어. 사내자식이 간이 그렇게 콩알만 해서 어따 써먹겠냐."

―시끄러, 새꺄! 네가 이상한 거야! 지나가는 증권맨 잡고 아무한테나 물어봐라, 내가 미친놈 소리 듣나, 네가 미친놈 소리 듣지.

"그래, 그래. 알았다."

이윽고 통화가 종료됐고 대한은 싱글벙글 웃으며 전화박스에서 나올 수 있었다.

이번 투자로 얼마를 벌어들일지 굉장히 궁금해졌기 때문이
다.

※

한편 대한이 오정식과 통화를 하고 있던 그 시각.

이영훈은 박태록과 함께 검열관들을 따라 수송부에 왔다.

중대가 신경 써야 할 검열은 끝났지만 아직 대대 전체 검열
은 끝난 게 아니기 때문이었다.

특히 중대에서 미흡 사항이 나오는 것과 수송부에서 나오는
건 사이즈 자체가 달랐으므로 더더욱 긴장해야만 했다.

"허허, 보급관님, 지원중대가 고생 좀 했겠습니다. 전투 차량
들이 이렇게 깨끗한 건 또 처음 봅니다."

"말도 마십쇼. 작년에 미흡 사항 무더기로 나와서 고생한 뒤
로는 기를 쓰고 준비했습니다. 저 바퀴 보이십니까? 전부 구두
약 발라서 광을 냈습니다."

"이야…… 어쩐지 멀리서도 바퀴밖에 안 보이더라니."

전투 차량들에 국방색 페인트칠까지 다시 칠한 상태였기에
그 위엄은 상당했다.

20년도 넘은 차량이었지만 마치 어제 출고한 듯했고 검열관
은 차량을 이리저리 둘러보며 연신 흡족한 표정들을 지었다.

그리고 잠시 후, 차량들의 시동을 걸어 보고는 드디어 검열이 끝났다.

이영훈은 전체적인 통제를 맡고 있는 정우진에게 다가가 물었다.

"선배님, 이제 다 끝난 겁니까?"

"어, 영훈아. 미흡 사항은 없는 것 같다."

"휴, 정말 다행입니다. 선배님."

"다행이지. 대대장님이 이런 건 또 엄청 신경 쓰시잖아."

전역을 앞둔 박희재가 군 생활을 하면서 화낼 일은 잘 없다.

오히려 적당히 요령 부려 가며 군 생활 하라고 조언까지 해 주는데다 실수를 해도 사람이라면 그럴 수 있다고 너그러이 용납해 주는 사람이었다.

하지만 그런 그도 가장 싫어하는 것이 바로 기본이 안 되어 있는 것이었다.

병사들에게는 병기본과 체력, 간부들에게는 병력 관리와 체력, 마지막으로 중대의 입장에서는 물자 관리를 기본으로 생각했다.

그렇기에 이영훈과 정우진은 이번 전투 장비 지휘 검열의 결과에 안도의 한숨을 내쉰 것.

"바로 내려가실 겁니까?"

"여기 정리하는 것 좀 도와주고 가야 될 것 같다. 그러니 네가 대대장님께 검열 마무리됐다고 보고 좀 드려라."

"예, 알겠습니다. 바로 내려가서 보고드리겠습니다."

정우진은 이영훈의 대답에 고개를 끄덕였고 이영훈은 박태록과 함께 대대 막사로 복귀했다.

그리고 곧장 대대장실 앞으로 이동해 문을 두드렸다.

"대대장님, 1중대장입니다!"

"어, 들어와."

"충성! 아, 대화 중이셨습니까? 조금 있다가 들어오겠습니다."

"어, 아니야. 말해."

"예, 다름이 아니라 검열이 끝나서 보고드리려고 왔습니다."

혼자 있는 줄 알았더니 채우식 중령과 함께 있었다.

그 말에 박희재 대신 채우식이 대답했다.

"오, 그래? 벌써 끝났어?"

"예, 미흡 사항이 없었기에 빨리 끝낼 수 있었습니다."

"이야, 선배님 대단하십니다. 애들을 얼마나 잡았으면 미흡 사항이 없습니까?"

채우식의 말에 기분 좋아진 박희재가 허허 웃으며 말했다.

"이거 왜 이래. 내가 군 생활하면서 애들 한 번 잡은 적이 없는 사람이야. 놔두면 알아서 잘하는데 굳이 용써 가며 잡을 필요가 있나. 안 그러냐, 영훈아?"

"예, 그렇습니다! 대대장님께서 지켜봐 주시는 것만 해도 힘이 됩니다."

"허허, 요즘 군 생활이 아주 재밌어."

채우식은 이영훈의 말을 듣고는 두 사람을 번갈아 보며 말했다.

"아부 유도하시는 것도 그렇고 그거에 맞춰 아부하는 부하도 그렇고 쿵짝이 아주 잘 맞으시는 게 정말 재미있어 보이십니다."

"야, 얘가 아부하는 건 아무것도 아니야. 얘보다 더 기가 막힌 놈이 하나 있다."

"중대장이 두 명이나 이러면…… 확실히 재미는 있을 것 같습니다."

"중대장 아냐. 소대장이다."

"……요즘은 소대장이 대대장한테 아부하는 세상입니까?"

채우식이 황당한 표정을 지어 보이자 이영훈이 대신 대답했다.

"저희 중대장들보다 군 생활을 더 오래한 것 같은 느낌이 드는 소대장이 하나 있습니다. 일을 하도 잘해서 대대장님이 많이 아껴 주십니다."

"소대장이 잘 해 봤자 뭐 얼마나 잘한다고?"

"저도 군 생활을 길게 한 건 아니지만 이제껏 봤던 장교들 중에는 최고인 것 같습니다."

"허이구, 중대장한테도 예쁨받는 놈인가 보네. 그래, 그런 애들이 군 생활해야지. 요즘 군인이라는 직업이 인기가 너무 없어. 머리 잘 돌아가는 놈들은 다 나가 버리는 통에 군대도 발전이 안 돼."

채우식의 말에 박희재도 짐짓 슬픈 표정으로 말했다.

"그러게나 말이다. 그놈도 단기 복무만 한다는데 참 아쉬워 죽겠어."

"역시 똑똑한 놈들은 일찍 나가는 것 같습니다."

그때, 박희재의 말을 듣고 있던 이영훈이 은근한 표정으로 말했다.

"저 대대장님? 말씀 중에 죄송한데 대한이 장기 한답니다."

"뭐? 장기?"

"예, 김대한 소위 장기 복무 희망한다고 오늘 오전에 저한테 말했습니다."

"야! 이영훈!"

"대위 이영훈!"

"뭘 어떻게 했는진 모르겠지만, 잘했다!"

"감사합니다!"

박희재는 진심으로 기뻐했다.

그 증거로 자리에서 벌떡 일어나 이영훈의 등을 팡팡 쳐 주었으니까.

그러더니 얼른 채우식에게 말했다.

"우식아, 검열도 끝났는데 너 이제 슬슬 가 봐야 하는 거 아니냐?"

"어…… 뭐, 끝났으니까 정리만 하고 복귀하면 될 것 같습니다."

"그래, 대충 하고 얼른 복귀해. 나 소대장이랑 이야기 좀 해야 할 것 같으니까."

"배웅도 안 해 주십니까? 저 검열관인데?"

"영훈아, 검열관님 잘 배웅해 드려라 알겠지?"

"예! 알겠습니다!"

"그리고 대한이 좀 불러와."

"중대 올라가서 바로 내려 보내겠습니다."

"어, 나가면서 차 두 잔만 준비해 달라고 하고."

박희재의 흥분한 모습에 채우식이 피식피식 웃으며 이영훈과 함께 대대장실을 나섰다.

채우식이 이영훈에게 물었다.

"너희 대대장님이 원래 밑에 사람 잘 챙기는 분이시긴 한데…… 이번엔 그 김대한 소대장이란 놈한테 꽂히셨구만."

"검열관님도 보시면 꽂히실 수밖에 없으실 겁니다."

"내가? 에이, 힘도 없는데 좋은 후배 봐서 뭐 하냐. 괜히 아쉬움만 남지. 얼른 가서 소대장 불러와라. 난 지휘 통제실에서 짧게 회의하고 있을 테니까."

"예, 알겠습니다!"

채우식과 헤어진 이영훈은 발에 날개라도 달린 것처럼 중대로 날아가 대한을 찾았고 행정반에서 대검 수량 확인 중이던

로판부터
장군까지

대한을 발견하고는 얼른 대한의 손목을 잡아끌었다.

"야, 대한아. 대대장님이 찾으신다. 빨리 내려가자."

"대대장님이 말씀이십니까?"

"내가 너 장기 한다고 말씀드렸더니 바로 데려오라고 하시더라."

"아."

언제 귀에 들어가나 했더니 이제야 들어갔구만.

그래도 급한 일 다 처리하고 호출돼서 참 다행이었다.

'그럼 칭찬 들으러 한 번 내려가 볼까.'

대한이 속으로 웃으며 대대장실로 내려간다.

✳

한편.

채우식은 지휘 통제실에 앉아 검열관들이 검사해 온 것들을 종합하고 있었다.

혹시 모르고 넘어갔을 미흡 사항들을 찾기 위함이었고 신한 일은 채우식의 옆에서 결과를 기다렸다.

"자세히 본 거 맞죠?"

"예, 그렇습니다. 여느 부대와 같이 빡빡하게 보고 왔습니다."

"그래요. 또 아는 사람 부대 왔다고 봐줬다 뭐다 소리 나오면 안 되니까. 잘 봐야죠. 그나저나 미흡 사항 진짜 하나도 없었습니까?"

"예, 없었다고 합니다."

"흠, 그래도 하나도 없는 건 좀 그런데……."

군대의 문제였다.

미흡한 점이 있으면 있다고 지랄, 없으면 제대로 검사한 거맞냐고 지랄.

중령이라는 계급도 전체적으로 보면 그리 높은 계급이 아니었기에 그런 지랄에서 자유로울 수가 없었다.

그러니 이렇게 완벽하다면 부대의 지휘관과 약간의 조율이 필요했다.

채우식이 자리에서 일어나며 말했다.

"너무 완벽한데…… 아무래도 선배님이랑 이야기 좀 해야겠네."

"그게 좋을 것 같습니다."

신한일도 채우식과 똑같은 생각을 하고 있었는지 고개를 끄덕이며 답했고 서류를 정리한 채우식은 정리한 서류들을 챙겨 다시 대대장실로 발걸음을 옮겼다.

대한이 대대장실에 나타나자 박희재가 자리에서 벌떡 일어나 온몸으로 대한을 맞아 주었다.

"오, 그래. 우리 대한이 어서와, 어서와. 그나저나 너 진짜 장기 하기로 마음먹은 거냐?"

다짜고짜 돌직구라니.

하긴 그런 말을 듣고 부른 거니 그럴 만도 했다.

그래서 더 힘차게 대답했다.

"예, 그렇습니다!"

"안 한다더니 갑자기 왜?"

전생이랑은 달리 일도 잘 풀리고 생각보다 할 만해서?

물론 그리 대답할 수는 없기에 정석적으로 답했다.

"짧은 시간이었지만 군인이라는 직업에 매력을 많이 느꼈습니다."

그 말에 박희재가 흡족하다는 듯 고개를 끄덕였다.

"군인 참 멋진 직업이지. 대한이도 그런 매력을 빨리 알게 되어서 대대장 기분이 참 좋다. 그나저나 오늘 내가 왜 불렀을 것 같나?"

"제가 장기 복무를 한다는 걸 확인하기 위해 부르신 것 같습니다."

"에이, 내가 겨우 그런 거나 확인하자고 소대장 시간을 뺏을까?"

"……죄송합니다."

"후후, 장난이고. 선물 하나 주려고 불렀다."

"선물 말씀이십니까?"

장기 복무한다고 결정한 것이 선물까지 받을 일인가?

새삼스레 참 많은 예쁨을 받는구나 싶었다.

그래서 궁금해졌다.

박희재가 어떤 선물을 줄지.

대한이 눈빛을 반짝이며 박희재를 바라보자 박희재도 웃으며 대답했다.

"후후, 기대되지?"

"예, 기대가 무척 됩니다!"

뭘까?

그 순간, 박희재가 테이블에 올려둔 자신의 휴대폰을 꺼내 잠금 화면을 풀어 누군가에게 전화를 걸었고, 짧은 순간이었지만 휴대폰에 저장된 이름을 보고 대한은 깜짝 놀랄 수밖에 없었다.

'육본 인사기획과장?'

뭐야, 진짜야?

잘못 본 거 아냐?

그도 그럴 게 육군본부에 있는 모든 자리가 요직이라지만 그 중에서도 노른자위라 불리는 것 중에 하나가 바로 인사기획과장이었기 때문이다.

인사기획과장은 주로 대령 계급이 차지하는 보직으로 소위 별 달기 전에 하는 별자리 중 하나였다.

박희재가 그런 사람을 알고 있다는 것도 신기했지만 굳이 대한의 앞에서 그런 사람에게 전화를 걸고 있다는 것 또한 놀라웠다.

잠시 후, 휴대폰 너머로 목소리가 들려왔다.

—추웅성. 어쩐 일이십니까, 팔자 좋은 선배님.

"허허, 성 대령. 잘 지내고 계십니까?"

—이거 왜 이러십니까. 그냥 편하게 말씀하십쇼.

"곧 머리에 별 하나 올라갈 텐데 어찌 편하게 대하겠나."

—선배님도 참…… 그런 말씀 다른 곳 가서 하시면 안 됩니다.

"하여튼 잘나가도 너무 잘나가."

—운이 좋았습니다. 그나저나 진짜 왜 전화하셨습니까? 저 부담스러워할까 봐 전화도 안 하신다고 하셨던 분이.

박희재는 육군본부로 간 후배가 본인을 부담스러워 할까 봐 정말 특별한 일이 아니면 먼저 전화하지 않겠다고 못을 박았었다.

그도 그럴 게 성 대령이 앉아 있는 자리는 진급과 관련된 자리였으니까.

물론 박희재의 경우 일찍이 대령을 포기했다지만, 사람 마음이란 게 언제 변할지 몰라 그런 예방 조치를 해 둔 것.

성 대령도 그런 박희재의 성격을 잘 알기에 그의 전화를 별로 부담스러워하지 않았다.

박희재가 말했다.

"저번에 나 자리 알아봐 준다고 한 것 때문에 전화했지."

—…진급 안 하신다고 하지 않으셨습니까? 이제 얼마나 남

았다고 이렇게 늦게 말씀하십니까. 뭐, 임기제라도 알아봐 드립니까?

"하하, 후배님 힘이 좋긴 한가보네."

─선배님 정도는 제가 힘써야죠. 여태 저 도와주신 게 얼만데.

"됐어, 난 이제 그냥 전역해야지. 대신 그 힘 다른 애한테 좀 써 줘라."

─호오…… 누가 또 우리 선배님 마음에 쏙 들었을까. 정작 과장입니까? 아니면 다른 부대 대대장?

"아니, 올해 임관한 소위."

─……예? 소위요?

"응, 김대한 소위라고 우리 부대에 있어. 이번에 새로 들어온……."

그 말에 대한은 두 눈이 휘둥그레 커질 수밖에 없었다.

선물이란 게 이런 거였어?

대한은 순간 군 생활 중 단 한 번도 느껴 보지 못한 묘한 짜릿함이 온몸을 지배하는 걸 느낄 수 있었다.

그도 그럴 게 지금 박희재가 대한에게 주려는 선물은 다름 아닌 '인맥'이었으니까.

'와, 미친…….'

온몸이 짜릿하다 못 해 환호성을 내지를 뻔했다.

당연했다.

10년이 넘는 군 생활 동안 이런 선물은 받아 본 적이 없었으니까.

심지어 그저 그런 인맥도 아니다.

곧 머리 위로 별을 올릴 인사기획과장이었다.

쉽게 말해 끝발 좋은 인맥이라는 뜻.

대한이 휘둥그레 커진 눈으로 정신을 못 차리자 박희재는 그런 반응을 즐겁게 즐기며 전화기를 스피커폰으로 바꾸었다.

ㅡ아니, 소위를 제가 뭘 어떻게 합니까. 어차피 선배님이 대대에서 돌리실 거 아닙니까? 대위쯤은 돼야 제가 챙길 수 있는데…….

"얘 대위 달면 내가 전역하잖아. 이후에 잘 챙겨 달라고 전화한 거지. 까먹지 말고 대위, 소령 진급한 뒤에도 잘 챙겨 줘."

ㅡ하하, 그 친구 소령 진급할 때까지 제가 군 생활하면 별을 몇 개나 달아야 하는지 아십니까.

"성 대령은 사령관까지 가야지. 보병이라서 막히는 것 없이 쭉쭉 올라갈 거 아냐."

ㅡ그게 어디 제 마음대로 되겠습니까. 그나저나 새삼 놀랍습니다. 선배님이 이런 부탁하시는 날도 다 있고.

"보면 알 거야. 공병이라고 무시하지 말고 잘 챙겨 줘."

ㅡ예, 제가 무슨 힘이 있겠냐만은 최선을 다 하겠습니다.

"그럼 서로 인사나 해라. 대한아, 너부터 인사해라. 성준민 대령이다."

"예? 아…… 진짜 합니까?"

대한의 물음에 박희재는 고개를 끄덕였고 스피커폰을 가져와 어렵사리 인사를 올렸다.

"충성! 소위 김대한이라고 합니다!"

―어, 뭐야. 옆에 있었냐? 다 들었어?

"예, 그렇습니다. 대대장님께서 스피커폰으로 해 두셨습니다."

―하, 선배님 진짜…… 일단 반갑다. 들어서 알겠지만 내가 널 도와주고 싶어도 네가 기본이 안 돼 있으면 도와주고 싶어도 못 도와줘. 그러니 진짜 내 도움을 받고 싶으면 네가 더 열심히 해야 한다. 물론 지금도 열심히 하고 있겠지만 나한테까지 네 이야기가 들려야지 제대로 도와줄 수가 있어. 내가 지금 무슨 말 하는지 알지?

빈말치곤 제법 정성스럽다.

그렇기에 어쩌면 성준민은 진짜 인맥이 될 수 있을지도 모른다는 생각이 들었다.

"예, 알겠습니다! 과장님께서 제 개인 자력 확인하실 수 있도록 열심히 하겠습니다."

―오, 무슨 말인지 진짜 알아들었냐?

당연하다마다.

그냥 소위라면 모를 수도 있겠지만 대한은 그냥 소위가 아니었으니까.

'내 군 생활 짬이 얼만데 당연히 알아듣지. 게다가 이런 상황, 항상 부러워했었잖아?'

계급이 높아질수록 본인이 어떤 보직을 맡게 되는지, 그리고 어떤 부대에서 근무하는지가 굉장히 중요했다.

하지만 본인이 원한다고 할 수 있는 것도, 갈 수 있는 곳도 아니라 그나마 입맛대로 군 생활을 하고 싶다면 지휘관으로 앉아 있는 사람들이 불러오든지, 아님 요직이 아닌 한직으로 들어가서 요직까지 치고 올라가든지 해야 했다.

그래서 인맥이 중요했다.

선배나 같은 부대에서 근무했던 상급자가 인사 결정권을 가지고 있다면 보다 쉽게 부대 이동을 할 수 있었으니까.

그런 의미에서 대한은 한 번도 중요한 자리에 앉아 본 적이 없었다.

항상 애매한 보직들.

힘도 능력도 인맥도 없었으니까.

'그러니 진급을 못 했지.'

성준민의 말에 대한이 씩 웃으며 대답했다.

"예, 잘 이해했습니다."

ㅡ그래, 나도 무턱대고 초급 간부들 도와주다가는 목 날아가거든.

대한의 시원스러운 대답에 성준민도 덩달아 웃었다.

왠지 촉이 좋았다.

아무리 친한 선배의 부탁이라도 이런 부탁은 잘 안 들어주는데 다른 사람도 아니고 대쪽 같은 성격의 박희재가 부탁한 후배이니 만큼 묘하게 에이스 냄새가 났기 때문이다.

'뭐 자세한 건 지켜봐야 알겠지만.'

성준민이 말했다.

―아무튼 김 소위. 선배님한테 내 번호 받아서 문자 한 통 보내 놔라.

"예, 바로 연락드리겠습니다."

―나중에 혹시 내가 전화했을 때 누구냐고 물어보면 바로 차단한다. 알지?

"혹시 그런 일 있으면 바로 차단하셔야 합니다. 저 아닐 겁니다."

―하하, 재밌는 친구네. 그래, 이제 그럼 선배님 좀 다시 바꿔 봐라.

대한은 휴대폰을 박희재에게 건넸고 성준민과 껄껄대며 통화하는 것도 잠시, 이내 인사를 하고 통화를 끊었다.

테이블에 다시 자신의 휴대폰을 올려놓으며 박희재가 말했다.

"대위 달 때까지 내 옆에서 열심히 군 생활하고, 대위 달고는 저 친구나 다른 친구 밑에서 열심히 해 봐. 알겠어? 내가 군복 벗고도 지켜볼 거니까."

"예, 알겠습니다! 그리고 정말 감사드립니다! 지금처럼 초심을 잃지 않겠습니다!"

"그래, 그거면 충분하지."

이렇게 된 이상, 어쩌면 큰 사고만 없으면 정말 소령은 쉽게 달 것 같다는 생각이 들었다.

그래서 일부러 5년차 전역 같은 쓸데없는 이야기는 하지 않았다.

대대장이 신임 소위에게 이렇게까지 밀어주는데 거기다 대고 초를 칠 순 없었으니까.

그때였다.

"선배님?"

채우식이 대대장실로 들어온 건.

덕분에 대한은 자연스럽게 중대로 복귀할 수 있었고 대한이 나가자마자 채우식이 자리에 앉으며 물었다.

"저 친구입니까? 입이 마르도록 칭찬하던 소위가?"

"그렇지. 근데 무슨 일이야? 끝난 거 아니었어?"

"저, 그게……."

채우식은 검열관들과 회의했던 내용들을 박희재에게 말했다.

미흡 사항이 하나도 없어 상급 부대에 보고하기 부담된다는 말들.

그 말에 박희재는 채우식의 처지를 십분 이해했고 박희재는 후배의 체면도 살려 줄 겸 몇 가지 미흡 사항 정도는 체크하라고 허락했다.

덕분에 채우식은 그제야 한숨을 돌린 채 부대를 떠날 수 있었고 이후 박희재가 전 간부들을 지통실로 소집했다.

"부대 차렷! 충……."

"어, 됐어. 앉아라."

"예, 알겠습니다."

여진수가 박희재의 말에 서둘러 자리에 앉았고 동시에 박희재가 중앙 의자에 앉자마자 간부들을 둘러보았다.

검열은 잘 끝났다.

하지만 그럼에도 마지막 단계이니 만큼 간부들의 얼굴에 긴장이 서려 있었다.

박희재가 긴장하는 간부들을 보며 씩 웃으며 말했다.

"다들 검열 준비하느라 고생 많았다. 방금 검열관들 다 갔고, 결과는 바로 보고 받았다. 근데 다들 왜 이렇게 얼어 있어? 인상들 풀어, 결과는 완벽하다고 하니까."

그 말에 곳곳에서 안도의 한숨이 흘러나왔다.

이젠 정말 끝이었으니까.

박희재가 말을 이었다.

"그런 의미에서 다들 퇴근 전에 전 중대 대검 한 번씩만 더 닦자. 검사는 보급관들이 알아서 하고 완료 보고는 생략해도 된다. 따로 나한테 와서 보고 할 필요 없어. 그나저나……."

박희재가 간부들을 한번 둘러보며 말했다.

"이제 다음 주면 집중 인성 교육주인데 혹시 중대별로 따로 준비하고 있는 거 있나?"

그 말에 선임 중대장 정우진이 대표로 대답했다.

"인사과장이 뿌려 준 교육 자료들을 바탕으로 자료를 만들고 있습니다."

"역시 그렇군. 근데 이번에는 그렇게 하지 말고 다른 방법을 한번 써 보자."

다른 방법.

그 말에 여진수와 고종민, 그리고 대한의 신경이 대대장에게 몰리기 시작했다.

"혹시 어떤 방법인지 여쭤봐도 되겠습니까?"

선임 중대장 정우진의 물음에 박희재가 고개를 끄덕이며 말했다.

"외부 업체를 써 볼 생각이다."

외부 업체.

그 말에 간부들이 술렁이기 시작했다.

"외부 업체 말씀이십니까?"

"그래, 나도 몰랐는데 군 인성 교육만 전문적으로 하는 교육 업체가 있더라고. 인사과장이 잘 찾아서 병사들 인성 발전을 위해 섭외까지 끝내 놨다고 하더라."

"아! 좋은 시도인 것 같습니다."

"그럼 당연하지. 이런 것들이 하나둘 모여 군대가 발전할 수 있는 거 아니겠어? 옛날처럼 소대장들이 직접 교육하는 것도 좋지만, 전문가가 하는 건데 뭐가 달라도 다르겠지. 아무튼 이것 외에 앞으로 우리 군에 도움이 될 만한 제안이 있으면 언제든지 나한테 들고 와라. 그 도움이 작더라도 언제든 승인해 줄 테니까."

"예!"

상당히 긍정적인 반응.

대대장이 말해서 그런 것도 있겠지만 적어도 소대장들은 그 반응이 진심으로 뜨거웠다.

당연했다.

덕분에 귀찮은 교육 안 해도 됐으니까.

그렇기에 대한과 고종민은 서로 시선을 교환하며 소리 없이 웃었다.

이윽고 박희재가 전 간부들에게 일찍 정리하고 칼퇴근 하라고 말하며 자리에서 일어났고 여진수가 자리에서 일어나 경례했다.

"충성!"

"그래, 오늘도 고생 많았다."

마무리가 된 것 같음에 자리에서 일어나야 할 것 같았지만, 대한은 물론 그 누구도 자리에서 일어나지 않았다.

대대장이 알면서도 모르는 척 하는 회의의 다음 순서가 남아 있었으니까.

여진수는 박희재가 대대장실로 들어간 것을 확인한 후 자리로 돌아와 자연스레 박희재가 앉았던 자리에 앉았다.

"자, 짧게 하겠습니다. 대대장님께서 따로 검사하겠다고 하진 않으셨지만 혹시 모르니 대검은 정비 전, 후 사진 촬영해서 저한테 보내 주시기 바랍니다. 중대장들, 언제까지 가능하겠나?"

그래, 이게 군대였지.

윗사람이 편하게 해 준다고 진짜 편하게 하는 건 멍청한 짓이었다.

언제 마음이 바뀔지 몰랐으니까.

그걸 아는 여진수는 따로 지시를 내렸고 여진수의 물음에 이영훈부터 오늘까지 완료하겠다고 대답하기 시작했다.

그 대답들에 여진수가 만족한 표정으로 말했다.

"그리고 마지막에 대대장님께서 군대 발전을 위한 제안은 언제나 가져오라고 말씀하셨는데……."

여진수가 말끝을 흐리며 대한을 쳐다봤다.

느껴지는 그의 시선에 대한은 얼른 정자세로 고쳐 앉고 정면을 바라보며 애써 그 눈빛을 피했다.

그러나 여진수는 아랑곳하지 않고 슬쩍 웃으며 말을 이어 나갔다.

"사실 전 처음 그 보고를 들었을 때 쓸데없는 짓이라고 생각했습니다. 하지만 이유를 들어 보니 꽤나 합당했고, 이번 인성교육을 시작으로 저 또한 대대장님의 지시 사항을 적극 반영키로 했습니다. 그러니 오늘부터 제가 전 간부들을 대상으로 발전 제안들을 종합하겠습니다."

아.

결국 저게 목적이었나.

언제는 또 하지 말라더니 참 알 수가 없는 양반이다.

물론 저 말 속에는 특정인을 향한 어떤 메시지가 담겨져 있었다.

바로 대한을 향한 메시지.

말인즉.

'어디 한번 해 보라는 거겠지.'

이왕 시작한 거, 이젠 판 깔아 줄 테 제대로 해 보라는 것.

대한의 예상은 정확했다.

여진수는 여전히 대한을 보고 희미하게 미소 짓고 있었으니까.

"······무튼 편하게 말씀해 주시면 되고 부대 상황에 맞춰서 잘 판단해 대대장님께 보고드리는 것으로 하겠습니다. 이상으로 회의 마무리하겠습니다."

그 말에 전 간부들은 그제야 일어나 중대로 복귀했고 대한은 이영훈과 함께 2층으로 향했다.

그런데 이영훈의 안색이 무척 어둡다.

이영훈이 한숨을 내쉬며 물었다.

"대한아, 뭐 좋은 생각 없나? 없다고 하면 정작과장님이 혼내실 거 같은데…….."

호랑이 같은 정작과장이었기에 당연히 이영훈도 두려워하고
있었다.

그 물음에 대한이 고개를 끄덕였다.

"예, 정작과장님 성격상 무조건 뭐라고 하실 것 같습니다. 아
마 군 생활을 얼마나 했는데 군대 발전에 대한 생각이 없냐고
군 생활 똑바로 안 하냐고 하시지 않겠습니까?"

"뭐야, 순간 정작과장님인 줄 알았네. 그래서, 뭐 생각나는
거 없냐?"

"저도 이제 없습니다. 큰일 났습니다."

"이제 없습니다? 언제는 있었냐?"

"그게…….."

그때, 여진수와 이야기를 마친 고종민이 급히 대한과 이영훈
에게 뛰어왔다.

"충성! 중대장님, 검열 고생 많으셨습니다."

"그래, 인사야. 너도 고생 많았다. 그나저나 인성 교육은 어
떻게 생각해 낸 거냐? 참모 되더니 감각이 좋아진 거냐? 혹시
아이디어 남는 거 있으면 나눔 좀 해 줘라, 형은 아무 생각이
없다, 지금."

"아, 그거 제가 생각해 낸 거 아닙니다."

"뭔 소리야? 대대장님은 네가 했다고 하셨잖아?"

"그거 실은 대한이가 알려 줬습니다."

"뭐? 얘가?"

이영훈이 놀란 얼굴로 대한을 가리켜 보인다.

그 표정에 대한이 얼른 뒷말을 덧붙였다.

"예, 공병학교에서 이런 방법도 있다고 교관님이 알려 주셔서 의견을 한 번 내보았습니다."

"와…… 너도 참 부지런하다. 중대 일만 해도 바빠 죽겠는데 인사과 일도 하고 있었냐? 장기 하겠다고 하더니만 본격적으로 날라 댕기네?"

"아닙니다. 중대 병력들 생각해서 인사과장한테 제안한 게 전부입니다."

"자식이 말은 잘해요. 됐고 한 십 분만 쉬다가 병력들 모아서 대검이나 손질하자."

"예, 알겠습니다!"

이영훈은 연거푸 한숨을 내쉬며 중대장실로 들어갔고 고종민은 이영훈이 사라진 것을 확인한 뒤에야 조심스레 대한에게 말했다.

"대한아, 혹시라도 오해할까 봐 미리 말해 주는 건데 난 분명히 대대장님께 네가 처음부터 끝까지 기획한 거라고 말씀드렸어."

"아, 그것 때문에 갑자기 오신 겁니까?"

"응, 네가 기분 나빠할 수도 있잖아."

말 그대로였다.

고종민은 회의 때 박희재가 따로 대한을 언급하지 않은 게 마음에 걸렸던 것.

참 착한 사람이었다.

근데 왜 전생에선 몰랐을까?

그의 겸손함에 대한이 손을 내저으며 말했다.

"뭘 그런 걸 신경 쓰시고 그러십니까. 말씀 안 하셨어도 상관없습니다. 전 선배님만 잘되면 됩니다."

"뭐? 대한아, 넌 진짜……."

아부성 멘트처럼 들릴 수도 있지만 고종민은 진심으로 감동했다.

고종민은 대한이 어떤 사람인지 잘 아니까.

고종민이 찐한 표정을 짓자 대한이 얼른 휴대폰을 꺼내 들며 분위기를 환기시켰다.

"안 그래도 이따 인사과 가서 알려 드리려고 했는데 지금 알려 드리겠습니다. 외부 업체 번호 저장해 두십쇼."

"아, 그래. 이젠 내가 연락해야지."

"예, 그리고 전에도 말씀드렸지만 강사들은 회관에서 자고 밥은 식당에서 제공, 또 가능하다면 군 교육 우수 사례로 선정만 좀 부탁드리겠습니다."

"응, 당연하지. 이런 건 내가 알아서 잘 처리해야지. 대한아 진짜 고맙다. 원래는 내가 선배 된 입장에서 후배인 널 도와줘야 하는데 어째 선배가 돼서 매번 도움만 받는지 진짜 미안해

죽겠다."

"에이 왜 또 그러십니까. 나중에 선배님 잘되시면 그때 도와 주십쇼. 밀어주고 끌어 주고."

"그래, 내가 너한테 은혜 갚기 위해서라도 열심히 한번 해 볼게."

"파이팅입니다. 선배님."

고종민은 대한의 어깨를 두드려 준 뒤 인사과로 내려갔고 대한도 슬슬 검열 미흡 사항을 보완하기 위해 행정반으로 들어갔다.

행정반에는 박태록이 커피를 마시며 쉬고 있었다.

"오늘 하루 고생 많으셨습니다. 보급관님."

"아유, 소대장님도 고생 많으셨습니다."

검열 준비 동안 폭삭 늙었던 박태록의 얼굴이 벌써 예전처럼 돌아와 있었다.

아니, 돌아오다 못 해 반질반질 했다.

대한이 물었다.

"대검 손질 바로 시작합니까?"

"커피 한 잔만 딱 하고 시작하려고 합니다."

"좋은 생각이십니다. 그럼 저도……."

대한도 믹스커피 한잔을 태워 박태록 옆에 앉으며 말했다.

"그나저나 보급관님, 혹시 검열 전에 대검 사진 찍어 두셨습니까?"

"검열 전에 말씀이십니까? 아휴, 찍어 두면 좋겠지만 그럴 정신이 없어서 찍어 둘 생각을 못 했습니다."

역시 그럴 줄 알았다.

아니, 까먹기 이전에 검열 준비를 할 때 누가 사진을 찍어 두겠는가.

전, 후 보고를 하는 것도 검열이 일어난 뒤니까 당연한 일이었다.

하지만 대한은 그렇게 군 생활을 배우지 않았다.

대한이 씩 웃으며 박태록에게 말했다.

"그럼 중대 카메라 한 번 확인해보시겠습니까?"

"예? 중대 카메라는 왜……?"

"일단 한 번 확인해 보십쇼."

박태록은 대한의 말에 고개를 갸웃하고는 서랍에서 카메라를 꺼냈다.

그러고는 찍은 사진들을 확인했는데 그 안에는 대한이 없는 동안 진행됐던 검열 준비들까지 모두 다 카메라에 담겨져 있었다. 물론 대검까지 말이다.

사진을 확인한 박태록이 깜짝 놀란 얼굴로 대한에게 물었다.

"소, 소대장님? 이게 다 뭡니까?"

"그거 재우가 찍어 놓은 겁니다."

"재우가 말입니까?"

"예, 제가 조언을 좀 해 줬습니다. 일할 때 항상 일하기 전,

후 사진들을 싹 다 남겨 놓는 습관을 들이라고 그게 행정병들
재산이라고 말입니다. 그래서 재우가 찍어 놓은 겁니다."

"이야…… 이건 진짜 생각지도 못 했는데…… 재우가 군 생
활을 아주 제대로 배웠습니다."

"저희 소대에서 넘어간 놈인데 보급관님한테 피해나 주는 놈
이면 곤란하지 않겠습니까. 그래서 특별히 신경 좀 썼습니다."

박태록은 대한의 말에 함박웃음을 지었다.

그도 그럴 게 늘 전, 후 사진을 안 찍어 둬서 곤란했던 적이
한두 번이 아니었으니까.

'이게 다 피로 새긴 습관이지. 이런 것들 습관들인다고 내가
윗사람들한테 깨졌던 거 생각하면…… 어후.'

다시 생각해도 참 끔찍했다.

그래서 이번엔 전생의 경험을 십분 살려 황재우한테도 교육
시켰다.

그래야 박태록의 신임을 얻을 수 있을 테니까.

대한의 말에 박태록이 격하게 고개를 끄덕이며 동조했다.

"안 그래도 이번에 재우가 엄청 열심히 했습니다. 물론 열심
히 한 것뿐만이 아니라 일도 잘해 줘서 이번 검열은 역대급으
로 편했습니다."

"그렇게 말씀해 주시니 마음이 한결 가벼운 것 같습니다. 그
럼 앞으로도 우리 재우 잘 좀 부탁드리겠습니다."

"아휴, 여부가 있겠습니까. 앞으로도 재우는 제 자식처럼 챙

기겠습니다. 그나저나 소대장님은 늘 말씀드리는 거지만 군 생활을 두세 번은 해 보신 것 같습니다. 이런 건 저도 잘 까먹는 건데 어찌 이리 세심하신지."

"하하, 아닙니다. 저도 그냥 습관 같은 겁니다. 아이고, 그럼 이제 대검 정비 시작해야 할 것 같습니다. 퇴근 시간 전에 마무리하고 일찍 퇴근해야 하지 않겠습니까."

"좋습니다. 오늘 같은 날은 무조건 칼퇴근해야죠."

대한은 자리에서 일어나 병력들을 집합시키고 일을 진행시켰다.

박태록은 그런 모습들을 보면서 내 자식이 효자라면 저런 느낌이지 않을까, 하는 느낌을 지울 수가 없었다.

그렇기에 반드시 보답해야겠다는 생각이 들었다.

이런 식으로 도움 받은 게 한두 번이 아니었으니까.

박태록은 잠시 고민하던 끝에 어떤 식으로 도움을 줄지 결정할 수 있었다.

'듣자 하니 장기도 하신댔는데 그럼 우리 소대장님한테 도움 될 만한 사람이 누가 있더라…….'

대한의 인맥은 본인도 모르는 사이에 알음알음 튼튼하게 쌓여 가고 있었다.

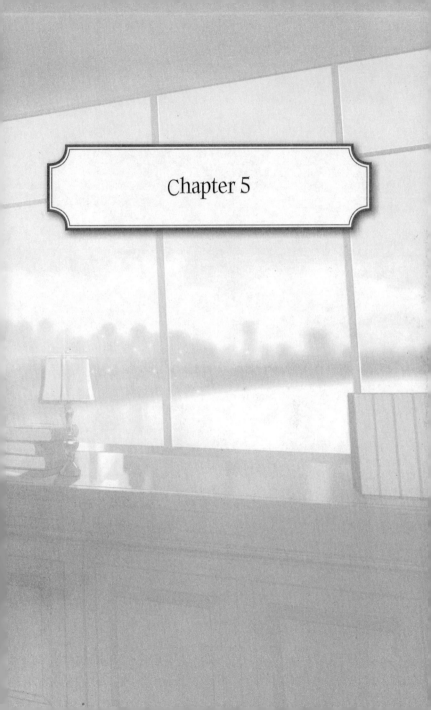

Chapter 5

대검 작업은 빠르게 진행됐다.

다들 마지막이라며 열의를 불태웠고 이미 손봐 둔 것들이라 더 손질 할 것도 없었다.

그래도 일단 명령은 떨어졌으니 대검은 불출됐고 병력들이 대검을 닦는 사이, 대한은 조용히 재우를 불렀다.

"재우야."

"일병 황재우?"

"사진 잘 찍어 놨더라. 잘했어. 보급관님이 아주 좋아하시더라."

"감사합니다! 이게 다 소대장님 덕분입니다!"

"그래, 앞으로도 꼭 카메라는 챙겨 다니고 병장 돼서도 사진 찍어 두는 거 소홀히 하지 마, 밑에 사람한테도 잘 가르쳐 주고. 알았지?"

"예, 알겠습니다!"

황재우의 밝은 모습에 대한은 자기도 모르게 피식 웃었다. 전생의 후회 중 하나여서 그런 걸까, 이제는 황재우의 행복한 얼굴을 볼 때마다 웃음이 났다.

"요즘 힘든 거 없지?"

"예, 없습니다! 그 어느 때보다도 즐겁게 군 생활 하고 있습니다."

"그래. 그래도 혹시라도 무슨 일 생기면 저번처럼 끙끙거리지 말고 바로바로 말해 줘야 된다?"

"예, 알겠습니다!"

얼마 뒤, 불출된 대검 검사를 모두 마친 대한은 행정반에 대검이 반납된 것까지 마저 확인한 뒤에야 황재우에게 말했다.

"재우야, 수량 다 맞냐?"

"예, 이상 없습니다."

"WD 싹 뿌려 놓고 사진 찍어서 보고자료 만들어."

"예! 알겠습니다!"

이로써 전투 장비 지휘 검열이 마무리되었고 대한은 이 사실을 보고하기 위해 중대장실 문을 두드렸다.

"중대장님?"

"어, 대한아. 들어와."

이영훈은 컴퓨터를 골몰히 노려보고 있었다.

대한이 이영훈의 모니터를 슬쩍 보며 물었다.

"뭐 하고 계십니까?"

"작전과장님이 말한 거 생각 중이야."

"……근데 어째 내용이 전부 병력들 체력과 관련된 것만 있습니다?"

"하, 생각나는 게 이것뿐이다. 그나저나 대검 손질은 끝났냐?"

"예, 마무리해서 사진 찍었고 보급관이 파일 만들어서 완료 보고할 겁니다. 근데…… 중대장님이 계획하신 것들 자세히 보니 좀 괜찮은 것 같습니다."

대한은 화면에 적힌 체력 단련 방법들을 보고 조금 놀랐다.

그도 그럴 게 화면에 적힌 것들 대부분이 제법 그럴 듯한 것들뿐이었으니까.

'크로스핏을 도입하고, 장간조립교를 만드는 부대를 위해 체력 측정을 추가한다…….'

특히 팔굽혀펴기나 윗몸일으키기 아닌 턱걸이나 데드리프트를 중점으로 훈련하려는 점이 그랬다.

'확실히 공병 특성상 잡아들어 올리는 동작이 많으니 팔굽혀펴기나 윗몸일으키기보단 데드리프트랑 턱걸이 같은 운동들이 더 도움이 되긴 하지.'

대한의 말에 이영훈이 뿌듯하다는 표정으로 말했다.

"그치? 내가 봐도 공병은 체력 단련을 좀 다르게 해야 될 것 같아서 말이야. 그나저나 설마 이런 거 제안했다고 과장님이 뭐라고 하진 않으시겠지?"

"예, 이런 걸 더 좋아하실 것 같습니다."

"그래? 그럼 됐다, 최근에 발전 제안 올린 네가 통과됐으니 네 말이 맞겠지 뭐. 이걸로 가야겠다."

"절 너무 신뢰하진 마십쇼. 어차피 판단은 제가 아니라 정작 과장님이 하시니 말입니다. 근데 중대장님, 턱걸이는 그렇다 쳐도 데드리프트는 어떻게 하실 생각이십니까?"

"뭔 말이야? 데드를 어떻게 한다니? 방법을 물어보는 거야?"

"그게 아니라 헬스장을 이용한다고 해도 바벨은 2개가 전부인데 부대 병력은 200명이 넘잖습니까. 각자 돌아가면서 1분씩만 이용해도 100분은 그냥 넘어갈 겁니다."

대한의 말에 이영훈은 생각지도 못 했다는 듯 입을 반쯤 벌렸다.

"……그러네?"

"방식은 좋지만 해결 방안까지 마련해서 가지 않으면 정작과 장님이 뭐라고 하실 것 같습니다."

"아, 음……."

그 말에 고민하는 이영훈.

이윽고 대한의 눈치를 보며 조심스레 의견을 내놓았다.

"일단 제안만 가지고 오라고 했으니까 원판 같은 건 정작과장님이 알아서 구해 오지 않으실까?"

"정말 그렇게 생각하십니까?"

"……아니."

"잘 생각하셨습니다. 아마 이대로 가셨으면 중대장님이 바벨이랑 원판을 구해 오셔야 했을지도 모릅니다."

"그렇겠네…… 후, 잘 지적했다. 역시 넌 에이스야."

"감사합니다. 근데 제안 자체는 확실히 좋은 것 같으니 운동기구 문제만 해결되면 좋을 것 같습니다."

"그렇기야 한데……."

말이야 쉽지.

예산도 없는 마당에 대대 병력이 다 쓸 수 있는 운동기구를 대체 어디서 구해 오겠는가?

'그렇다고 내가 그냥 사다 줄 수도 없는 노릇이고…… 뭐 좋은 방법 없나?'

그때, 대한의 머릿속에 좋은 생각이 떠올랐다.

'아, 그러고 보니까 그게 있었지?'

대한이 말했다.

"중대장님, 혹시 탄약통은 어떻습니까?"

"탄약통?"

탄약통이라는 말에 이영훈이 고개를 갸웃거렸고 대한이 설명을 이어 나갔다.

"탄약통이 20㎏이지 않습니까. 그걸 양손에 하나씩 들고 반환점을 도는 운동을 하는 겁니다. 그렇게 되면 총 40㎏을 손에 들고 운동을 하게 되는 건데 장간의 무게가 260㎏ 정도고 6명이서 나눠 들면 그 무게가 얼추 비슷하니 공병부대와 딱 어울리는 운동이자 훈련이라고 설명드리면 될 것 같습니다."

"오?"

그 말에 이영훈은 자리에서 벌떡 일어나 박수를 치기 시작했다.

"우리 소대장 아주 훌륭하다. 대한아, 넌 진짜 아이디어가 끝이 없구나? 대박이다, 진짜."

"아닙니다, 전 중대장님이 차려 놓으신 밥상에 숟가락만 얹었습니다."

"아냐, 난 탄약통은 진짜 생각지도 못 했다, 넌 대박이야 진짜."

"감사합니다."

"이건 내가 봤을 때 무조건 통과다. 탄약통이야 부대에 남아도니까 운동기구 부족할 일은 없겠어."

"안에 돌이나 흙을 가득 채우면 될 것 같습니다."

"그래, 완벽하다. 당장 과장님한테 가 보자."

"예, 조심히 다녀오십쇼."

"뭔 소리야? 같이 가야지."

"저는 왜 갑니까?"

"이 자식이 또 겸손한 척은. 빨리 따라와, 네가 차린 식탁에

로또부터
장군까지

내가 숟가락만 얹는 건데 같이 가야지."

아니 그 반대가 아닌가?

대한은 고민됐다.

설치지 말라고 주의를 들은 지 하루도 채 지나지 않았는데 또 여진수 앞에 나타나면 그땐 여진수가 어떻게 반응할지 몰랐으니까.

하지만 이영훈을 문 앞에서 계속 기다리게 할 순 없기에 대한은 하는 수 없이 이영훈을 따라가기로 했다.

'아, 몰라, 중대장이 알아서 하겠지.'

대한은 조금 긴장한 채로 이영훈과 함께 정작과로 향했다.

✳

"뭐야? 또 너야?"

예상대로 대한이 정작과 문을 열고 들어오자마자 여진수가 질색하며 말했다.

그에 이영훈이 여진수의 눈치를 보며 대답했다.

"……저 말씀이십니까?"

"아니, 너 말고! 너네 소대장!"

"김대한 소위 말씀이십니까?"

"그래!"

대한은 여진수의 반응에 어색하게 웃어 보일 수밖에 없었고 그런 대한을 보며 여진수가 말했다.

"내가 설치지 말라고 한지 얼마나 됐다고 또…… 너도 참 부
지런하다. 됐고, 그래서 이번엔 누구 아이디어냐?"

그 말에 대한이 잽싸게 말했다.

이영훈의 아이디어라고.

아니 그러려고 했다.

이영훈이 반 박자 더 빠르게 말하지만 않았다면.

이영훈이 자랑스럽게 말했다.

"최초 아이디어는 제가 냈지만 김대한 소위가 완벽하게 보
강해 주었습니다."

"그래?"

완벽한 보강이라는 말에 여진수의 얼굴에 기대감이 피어오
른다.

"한번 말해 봐."

"예, 저희는 병력들의 체력 단련 방법을 바꾸는 것을 제안하
고자 합니다."

"체력 단련? 계속해 봐."

"예, 기존의 팔굽혀펴기와 윗몸일으키기는 병력들의 임무
수행 능력을 올리는 데 좀 비효율적이라고 판단했습니다. 그
래서……."

이영훈은 자신이 생각해 온 바와 대한의 아이디어를 합쳐
정갈하게 이야기를 시작했고 여진수는 고개를 끄덕이며 경청

했다.

그리고 이영훈의 말이 거의 끝나갈 무렵에 여진수가 맞장구 치듯 말했다.

"흠, 그래도 이번 건 좀 무난하네. 그럼 탄약통을 들고 앉았 다 일어서기를 하는 거냐?"

"그것도 좋은 생각인 것 같습니다. 일단 저희가 생각해 본 건 장간 조립교 운반 연습 겸 탄약통을 들고 이동하는 것을 생 각했습니다."

"음, 그게 임무수행하기에는 더 효율적이겠네. 그래서, 탄약 통 아이디어를 김대한 소위가 낸 거라고?"

"예, 그렇습니다."

"그럴 거 같더라. 근데 너도 쟤 예뻐하냐?"

"예, 아주 예뻐합니다. 그리고 이런 좋은 제안을 할 수 있는 후배가 계속해서 군 생활을 한다니 선배로서도 뿌듯하게 생각 하고 있습니다."

그때 여진수의 얼굴에 의외성이 피었다.

"응? 그게 무슨 말이야? 쟤 단기자원 아냐?"

"아, 아직 말씀 안 드렸구나. 장기 복무하기로 생각을 바꿔 먹었답니다."

"그래?"

그때였다.

여진수의 미간이 활짝 펴진 건.

뭐지?

왜 웃는 거지?

다른 사람도 아니고 여진수가 저리 웃으니 묘하게 불안감이 밀려왔다.

그러나 대한이 걱정하는 것과는 다르게 여진수가 웃는 건 기뻐서였다.

그도 그럴 게 여진수는 단기 복무자와 장기 복무자를 가려서 상대하는 사람이었는데 단기 복무자에겐 보통 까칠한 편이었다.

왜냐하면 단기 복무자들은 아무리 잘해 주고 정이 붙어 봐야 곧 떠날 사람들이었으니까.

그래서 대한을 좀 까칠하게 대한 면이 없잖아 있었는데 대한이 장기 복무자라면 이야기가 좀 달라진다.

여진수가 은근한 표정으로 말했다.

"김대한."

"소위 김대한!"

"진짜 군 생활 계속하냐?"

"……대대장님과 중대장에게는 그렇게 말씀드렸습니다."

"재밌는 놈이네, 이거."

"감사합니다."

대한의 어색한 웃음에 여진수가 얼마간 대한을 쳐다보더니 다시금 피식 웃으며 말했다.

"방금 중대장이 말한 거, 내일까지 준비해서 너희 소대에서 시범 운영해 봐."

"예, 알겠습니다!"

"그리고 너."

이대로 끝나나 싶었더니 여진수가 다시 한번 대한을 콕 집으며 말했다.

"그동안 왜 이렇게 설치나 했더니 장기 복무 때문에 그런 거였구만."

"……아닙니다, 오해십니다."

이건 진짜 오해였다.

그러나 여진수는 그렇게 생각하지 않는 모양.

"뭐라 하는 거 아냐, 인마. 신기해서 그런 거지. 지금 보니까 내가 딱 너처럼 그랬던 것 같다. 희한하네…… 왜 진작 못 알아봤을까, 내가 딱 저랬었는데…… 내가 군 생활에 욕심이 좀 많았거든."

대한은 여진수가 무슨 말을 하는 건지 좀처럼 이해가 되지 않았다.

전생에서 여진수의 과거를 알 만큼 친하지 않았으니까.

그러나 대한이 이해하건 말건 여진수는 대한에게 확실한 호감이 생겼다.

"대한아."

"소위 김대한!"

"너, 내가 학사 출신인 건 알지?"

"예, 그렇습니다."

"뒷빽 제일 없는 내가 어떻게 1차 진급할 수 있었는지 아냐?"

"잘 모르겠습니다."

"너처럼 계속 설쳤어. 죽이 되든 밥이 되든 열심히 설쳤다고. 그러니까 지금처럼만 해라. 그럼 넌 내가 장담하는데 나처럼 1차로 진급 할 것 같다. 넌 나보다 더한 놈인 것 같거든."

여진수의 칭찬에 이영훈은 물론 정작과에 있는 다른 장교들 모두 놀란 듯 눈을 동그랗게 떴다.

여진수가 이렇게까지 초임 장교를 칭찬하는 건 처음 봤으니까.

대한도 여진수의 성격을 잘 알기에 가슴 어딘가 벅차오르는 감정을 억누르며 말했다.

"감사합니다! 앞으로 더 열심히 하겠습니다!"

"좋아, 그런 의미에서 넌 군대 발전 제안 뭐 할 거냐?"

"……잘못 들었습니다?"

"네가 들은 거 맞아, 인마. 이건 중대장 아이디어라며?"

"그렇……습니다."

"그럼 너도 아이디어 하나 내야지? 넌 난놈이니까 잘할 수 있을 거야."

"그, 그게……."

"하루면 충분하지? 내가 제대로 도와줄 테니까 이번 기회에

네 꿈을 한번 펼쳐 봐."

아.

그런 도움 필요 없는데…….

아무래도 잘못 걸려도 제대로 잘못 걸렸다는 생각이 든다.

하지만 대한의 생각과는 다르게 여진수의 눈빛은 어느새 애정으로 가득 차 있었고, 대한은 서둘러 이영훈에게 눈빛으로 도움 신호를 보냈으나…….

"저도 그렇게 생각합니다. 대한이는 보통 놈들이랑 다르게 아주 똑똑하니까 분명 참신한 아이디어를 가지고 올 수 있을 겁니다."

도움은커녕 어림도 없었다.

이영훈의 맞장구에 여진수가 웃었다.

"그치? 나도 그렇게 생각해."

"야, 대한아 넌 좋겠다. 과장님이 밀어주시는 이런 기회 절대 흔치 않다?"

하.

완벽한 외통수였다.

그렇기에 대한은 대답할 수밖에 없었다.

"……예, 알겠습니다. 꼭 생각해 오겠습니다."

"그래, 넌 할 수 있어."

"기대할게, 과장님도 도와주시겠지만 나도 최선을 다해 도와줄 거니까, 편하게 생각해 봐."

이영훈과 여진수가 타들어 가는 대한의 속도 모른 채 따뜻하게 대한을 격려한다.

정작과장의 사랑을 받게 된 건 좋았지만 그 양반은 너무 부지런해서 탈이다.

특히 여태 까탈스럽다가 이제부터라도 사랑으로 보듬어 주려 한다는 건 쉽게 말해 공을 밀어주겠다는 건데…….

'지금은 아무리 공을 쌓아도 별로 의미가 없단 말이지.'

다시 말해 귀찮기만 더럽게 귀찮다는 뜻.

이런 건 대한이 원하던 게 아니었다.

'그래도 뭐 어쩌겠어. 까라면 까야지.'

여진수에게 한참 동안이나 덕담 아닌 덕담을 들은 대한과 이영훈은 퇴근 시간을 꽤 넘긴 후에야 간신히 중대로 복귀할 수 있었다.

"중대 간부들 다 퇴근했나?"

"예, 간부 연구실에는 아무도 없습니다. 다들 퇴근했거나 식사하러 간 것 같습니다."

"혹시 기다리고 있었으면 미안할 뻔했는데 다행이다. 우리도 얼른 퇴근하자."

"예, 식사하실 겁니까?"

"아니, 난 오늘 약속 있어서 잠깐 나가 봐야 해."

"알겠습니다. 오늘 하루도 고생 많으셨습니다."

"너도 고생 많았다. 아 참. 내일 군대 발전 제안 기대할게?"

"……조금 전에 퇴근하라고 하셨지 않습니까?"

"하핫, 퇴근해서 방에서 생각해도 되잖아."

"쉬려고 퇴근하는 건데 중대장님까지 그러시면 전……."

"늦어서 형 먼저 갈게! 내일 보자!"

이영훈은 대한을 피하듯 서둘러 막사를 벗어났고, 대한은 그 모습을 지켜보던 끝에 고개를 내저으며 간부 연구실로 들어왔다.

그런 다음 의자에 몸을 던지며 군대 발전 제안에 대해 생각하기 시작했다.

피할 수 없으면 즐기라고들 하지만 즐길 수가 없으니 후딱 해치우는 편이 나았으니까.

'뭐가 있을까?'

여진수가 원하는 것은 당장 현실적으로 활용할 수 있는 것일 터.

그런 의미에서 휴대폰 사용이나 평일 외출, 외박은 아직 현실적으로 불가능한 것들.

이외에도 대한의 머릿속에 당장 떠오르는 것들은 대부분이 전생에 전 군에서 시행하던 것들이었다.

'안 돼. 지금 필요한 건 당장 일개 대대에서 단독으로 진행할 수 있는 것이어야만 해.'

허공을 쳐다보며 생각하고 있기도 잠시, 그때 누군가 조심스레 간부 연구실의 문을 열었다.

"계십니까……?"

계십니까?

저 제식은 또 뭐야?

대한은 모자란 놈처럼 간부 연구실 문을 여는 사람을 보기 위해 몸을 돌렸고 이내 곧 얼굴 하나가 쑥 튀어나왔다.

옥지성이었다.

"아무도…… 엇, 소대장님, 아직 퇴근 안 하셨습니까?"

옥지성이 놀란 얼굴로 묻자 대한이 어이없다는 투로 말했다.

"인마, 여기가 사회야? 계십니까아?"

"하핫, 죄송합니다. 재우가 다 퇴근하셨다고 해서…… 야, 소대장님 퇴근 안 하셨잖아."

그러자 뒤에서 황재우의 목소리가 들려왔다.

"어? 아까 분명히 중대장님이랑 퇴근하신다고 들었습니다."

"야야, 됐고 전부 다 들어와. 내가 있든 말든 어차피 들어올 거 아니었어?"

"예, 맞습니다. 얘들아, 드가자!"

그 말에 옥지성과 황재우, 그리고 최종찬이 차례대로 들어왔고 그들의 손에는 문제집과 연습장 등이 들려 있었다.

"공부하러 온 거야?"

"예, 그렇습니다. 슬슬 본격적으로 해 봐야 하지 않겠습니까?"

"그래, 잘 생각했다. 그나저나 밥은 먹고 온 거야? 이제 6시

로열패밀리
장군까지

인데?"

"애들 데리고 빠르게 다녀왔습니다. 먹고 바로 온 겁니다."

"의지가 좋네."

"의지는 확실합니다. 이제 머리만 제대로 움직여 주면 됩니다."

"하긴, 그게 제일 어려운 거지. 아무튼 공부들 해. 방해 안 할 테니까. 난 나대로 할 일이 있어."

"예, 알겠습니다. 재우야, 시작하자."

그 말에 황재우가 자연스럽게 간부 연구실 중앙에 놓인 테이블의 상석에 앉았고 양옆으로 옥지성과 최종찬이 자리했다.

그러고는 두 사람에게 A4용지를 한 장씩 내밀고는 바로 테스트를 진행했다.

"주말 동안 단어 잘 외우고 계셨는지 확인해 보겠습니다. A4용지에 저번에 외우라고 알려 드렸던 영어 단어 100개부터 일단 적어 보십쇼."

다른 숙제는 없었다.

요 며칠 전투 장비 지휘 검열로 굉장히 바빴기에 다른 숙제를 내줄 겨를이 없었기 때문.

그래서 상대적으로 신경을 덜 써도 되는 영어 단어 암기 숙제를 내준 것.

대한은 시험지를 받은 두 사람의 표정을 보며 은근한 표정을 지었다.

'두 사람 다 노 베이스일 텐데 영어 단어 100개라…… 죽을 맛이겠군.'

아니나 다를까.

두 사람의 얼굴에 긴장이 흐르고 있었고 이내 빈 종이에 영어 단어를 적어 내려가기 시작했다.

잠시 후, 최종찬이 펜을 내려놓으며 황재우에게 시험지를 내밀었다.

"다 적었습니다."

"빠르네? 그럼 어디 한번 다 외웠나 볼까?"

황재우는 최종찬이 적은 것을 꼼꼼하게 확인했고 금방 오답하나를 발견해 냈다.

"이거 하나 틀렸네. 다시 한번 생각해 볼래?"

"예? 그럴 리가 없는데……."

"내가 안 틀린 걸 틀렸다고 하겠냐? 빨리 확인해 봐."

"죄송합니다."

최종찬이 다시 오답을 확인하는 사이, 황재우는 시계를 한 번 본 뒤 옥지성에게 물었다.

"옥 상병님? 아직 멀었습니까?"

"야야, 조금만 기다려 봐. 분명히 외웠거든? 지금 딱 생각날 거 같다."

"아직도 생각 안 난 거면 그냥 까먹으신 겁니다. 얼른 주십쇼."

"아! 잠깐만! 생각났어!"

황재우의 재촉에 다급해진 옥지성은 황급히 나머지 단어들을 적어 내려갔다. 그리고 자신 있게 종이를 내밀었고.

"오? 다 맞으셨습니다."

"키야! 봤지? 내가 공부를 안 해서 그렇지 머리 자체는 좋다니까. 소대장님, 보셨습니까?"

……놀랍게도 만점이라는 기염을 토해 냈다.

대한이 득의양양해하는 옥지성을 보며 웃음을 터뜨렸다.

"대단한데? 이러다 서울대 가는 거 아냐?"

"에이, 너무 비행기 태우지 마십쇼. 하지만 지금 기세라면 충분히 가능할지도? 재우야, 넌 어떻게 생각하냐?"

"그, 그게…… 가, 가능할 것 같습니다!"

"그치? 좋아, 그럼 오늘부터 목표는 서울대다."

대한은 옥지성의 세레모니를 얼마간 흐뭇하게 바라보다 물음을 던졌다.

"그래, 목표는 클수록 좋지. 그래서, 과는 여전히 간호학과냐?"

"아, 그게 생각이 좀 바뀌었습니다."

"이번에는 뭐로 바꼈는데?"

"과는 잘 모르겠고. 요즘은 경찰이나 소방관이 참 멋있는 것 같습니다."

"경찰이랑 소방관? 그래도 이번에는 좀 정상적이네."

옥지성이 간호학과를 이야기했을 때부터 언젠가 진로를 확실하게 잡아 주어야겠다고 생각은 하고 있었다.

단순히 여자가 많다고 간호학과에 가려고 했으니까.

하지만 간호사는 군인과 마찬가지로 사명감이 필요한 직업.

대한이 말했다.

"경찰이나 소방관도 좋지. 근데 네가 생각했던 것만큼 그렇게 멋있지는 않을 걸?"

"그렇습니까? 티비로 봤을 땐 멋있던데⋯⋯."

"그건 티비니까 그렇지. 그리고 간호사도 마찬가지겠지만 경찰이나 소방관, 둘 다 군인만큼 사명감이 필요한 직업이야. 그리고 그 두 개 직업은 굳이 대학에 갈 필요 없어. 물론 관련 전공으로 가면 더 많은 걸 배우기야 하겠지만, 결국엔 똑같이 시험을 쳐야 하니까 진짜 경찰이나 소방관이 되고 싶다면 차라리 수능이 아니라 지금부터 경찰이나 소방관 시험을 준비하는 게 좋을 거야."

대한의 말에 옥지성이 몹시 곤란하다는 표정을 지으며 말했다.

"그건 좀 곤란합니다."

"뭐가 곤란한데?"

"그렇게 되면 대학교에 가서 캠퍼스의 낭만을 못 즐기지 않습니까."

"⋯⋯너, 뭐 대학교를 테마 파크 정도로 생각하는 거냐?"

"에이, 공부하는 곳인 줄은 알고 있습니다. 다만 공부하면서 낭만도 즐겨야 되지 않겠습니까?"

"지성아, 내가 대학교를 다녀왔잖아?"

"예, 그렇습니다?"

"내가 보기에는 낭만을 즐기려면 외모가 필수더라고."

대한의 말을 이해한 황재우와 최종찬이 결국 참지 못하고 웃음을 터뜨렸다.

두 사람의 반응을 본 옥지성이 어이없다는 표정으로 대한을 보며 말했다.

"······잘못 들었습니다?"

"흠흠, 그냥 못 들은 거로 해라. 아무튼 경찰이나 소방관을 고민하는 거면 군인은 어떻냐? 군인은 지금 바로 선택할 수도 있는데. 심지어 대학교도 군 생활하면서 다닐 수 있어."

물론 동기 얼굴 볼 일 없는 사이버 대학교겠지만.

대한의 말에 옥지성이 손사래를 쳤다.

"아, 싫습니다. 그거 사이버 대학교잖습니까."

"오, 어떻게 알았냐?"

"재우랑 이것저것 이야기하다가 웬만한 건 다 들었습니다. 그리고 저는 숙소 근처에 편의점도 없는 곳에서 일하기 싫습니다."

"뭔 소리야, 군인도 영외에 숙소가 있으면 퇴근길에 편의점 갈 수 있어."

"전방 가면 퇴근을 못 하지 않습니까. 저 상병입니다. 알 거 다 압니다, 소대장님."

"이래서 눈치 빠른 병사들이 싫다니까."

"잘못 들었슴다?"

"농담이야."

그러나 일리는 있는 말이었다.

그렇기에 대한은 옥지성에게 좀 더 제대로 된 상담을 해 주고 싶었다.

가령 예를 들어 현직 경찰이나 소방관들을 통해서.

그래야 확실한 목표 의식이 세워질 테니까.

그 순간, 대한은 불현듯 좋은 생각이 떠올랐다.

'내가 왜 그 생각을 못 했지?'

묘책을 떠올린 대한은 곧바로 퇴근 준비를 시작했다.

잘만 하면 여진수가 시킨 군대 발전 제안까지 한 방에 해결할 수 있겠다는 생각이 들었기 때문이다.

대한이 가방을 챙기며 옥지성에게 말했다.

"지성아, 땡큐. 덕분에 내 고민이 해결됐다."

"저 때문에 말씀이십니까?"

"응. 아참, 그보다 재우야. 애들 시험 접수는 확인해 봤냐?"

여기서 말하는 시험은 옥지성과 최종찬의 검정고시였다.

둘 다 군대에 있기에 시험 접수 자체가 힘들 수가 있어 대한이 여러모로 신경을 쓰고 있던 참.

대한의 물음에 황재우가 수첩을 꺼내 확인하며 대답했다.

"예, 두 사람 다 온라인 접수가 가능해서 미리 신청해 둔 상태이고 이번 달 말에 시험을 칩니다."

"오, 타이밍이 잘 맞았나 보네."

"예, 그렇습니다. 이야기 나온 날 바로 찾아봤는데 마침 접수 기간이라 바로 접수했습니다."

"잘했다. 검정고시 정도야 충분하잖아. 안 그래 둘 다?"

대한의 물음에 옥지성이 말했다.

"준비됐지, 최?"

"물론이죠, 옥."

죽이 잘 맞는군.

대한은 두 사람의 합에 고개를 끄덕이며 말했다.

"그래, 시험은 자신감이 중요한 거야. 시험 치기 전부터 쫄아 있으면 문제가 더 어렵게 보이는 법이라고."

"예, 알겠습니다. 한 번에 합격하고 오겠습니다."

옥지성의 대답에 대한이 고개를 끄덕였고 황재우에게 이어서 물었다.

"시험이 이번 달 말이라고 그랬지?"

"그렇습니다."

"그거 시험 결과 발표는 언제 나오는데?"

대한의 물음에 황재우가 수첩을 뒤적였고 이내 얼굴에 미소를 띠우며 말했다.

"수능 접수 전에 나옵니다."

"타이밍 한번 기가 막히네."

사실 알고 있었다.

그럼에도 물어본 건 수능에 대한 운을 띄우기 위함.

황재우도 그 사실을 알고 있었기에 그리 대답한 것이고.

대한이 말했다.

"얘들아. 검정고시 자신 있다고 했지?"

"예, 그렇습니다."

"그럼 검정고시로 몸 풀고 바로 수능 치러 가자."

"수, 수능 말씀이십니까?"

대한의 말에 크게 당황하는 두 사람.

하나 이것 또한 예상한 바.

대한이 웃으며 말했다.

"그래, 어차피 시험은 많이 쳐 보는 게 좋잖아. 혹시 아냐? 첫 수능에 대박을 터트릴지?"

사실 두 사람의 의지와는 달리 결과는 이미 정해져 있었다.

대한은 애초에 두 사람 다 올해 수능을 치게 할 작정이었으니까.

대한이 미간을 좁히며 물었다.

"싫어?"

"아, 아닙니다!"

"할 수 있습니다!"

"그래, 당연히 그래야지. 어차피 내년에 쳐야 될 거 미리 경험해 본다고 생각해. 혹시 아냐? 첫 수능에 대박을 터뜨릴지?"

"……오?"

"수능 대박……!"

수능 대박이란 말에 두 사람의 눈에 이채가 돌기 시작한다.

✳

다음 날 아침.

대한은 오전 일과를 시작하기 무섭게 정작과로 향했다.

"충성! 과장님, 좋은 아침입니다!"

"어, 그래. 안 그래도 기다리고 있었다."

대한을 반겨 주며 웃는 여진수.

딴에는 친절한 웃음이었겠지만 제안 발표를 해야 하는 하급자 입장에선 왠지 모르게 그 미소가 무섭게 느껴졌다.

여진수가 의자 뒤로 몸을 뉘이며 말했다.

"자, 그럼 우리 대한이가 어떤 제안을 가져왔는지 한번 들어볼까?"

여진수의 물음에 대한은 지난 밤 생각 정리를 마친 제안에 대해 천천히 이야기를 풀어놓기 시작했다.

"예, 제가 고민해 본 결과. 군의 발전을 위해선 민간도 민간이지만 관(官)도 빠지면 안 된다고 생각합니다."

"관? 공무원들 말하는 거냐?"

"예, 그렇습니다."

"민관군(民官軍)이라…… 좋아, 아주 좋은 말이야. 그럼 어떻게 관을 이용할 건데?"

"교육입니다."

"교육?"

"예, 그렇습니다. 밤새 고민해 본 결과, 군을 발전시키려면 역시 병사들의 교육이 우선시되어야 한다고 생각했기 때문입니다."

"하긴 우리가 무기를 만들 수 있는 거도 아니고 제도를 개선할 수 있는 것도 아니니 병사들 교육 같은 사소한 것부터 시작해야겠지. 그래서?"

"예, 관 중에서도 제가 생각한 곳은 두 곳. 바로 경찰과 소방입니다."

"경찰과 소방?"

"예, 그렇습니다. 범죄 예방 교육은 경찰, 화재 및 재난 상황 대처 교육은 소방에 협조한다면 병력들에게 더욱 양질의 교육을 할 수 있다고 판단했습니다. 그리고 부대와 연결된 유관기관으로 두 곳 모두 포함이 되어 있기 때문에 지속적인 협조가 가능할 것으로 생각됩니다."

모든 군부대에는 근처의 경찰서와 소방서가 연결이 되어 있다.

필요시 가장 먼저 출동하고 도움을 줘야 해서 국가에서 정해 놓은 것인데 현실은……

'각자 알아서 하는 게 현실이지.'

이유는 간단했다.

명령권자가 달랐기에 공동의 업무를 하기에는 무리가 있었으니까.

하지만 교육이라면?

각 기관 상급자들은 교육 요청을 뿌듯하게 생각하며 도움을 줄 게 확실했다.

그도 그럴 게 협조를 받는 상급자가 직접 교육을 나오는 게 아니었으니까.

'당연히 수락하겠지. 기분은 자기가 내고 일은 말단이 하고.'

대한의 말에 여진수가 고개를 끄덕이며 말했다.

"확실히 일리가 있어. 그나저나 인성 교육도 그렇고 대한이는 교육에 참 관심이 많네?"

"군을 발전시키려면 인적 교육이 가장 중요하다고 생각해서 교육 위주로 한번 생각해 보았습니다."

"역시 제일 최근에 대학교에 있다 와서 그런지 생각이 깨어 있네. 좋은 아이디어야."

"감사합니다!"

자신이야 있었지만 그래도 긴장되는 건 사실.

그래도 막상 통과받으니 기분이 좋았다.

그때, 여진수가 여전히 미소를 유지하며 물었다.

"근데 협조는 어떻게 할 생각이냐? 전화로 할 거냐?"

"아닙니다."

이 일에서 가장 중요한 일이었다.

말뿐인 계획으로 남지 않으려면 협조다운 협조를 해야 했으니까.

대한이 말했다.

"과장님께서 유관기관에 협조해 주셔야 합니다."

"……응? 내가?"

"예, 그렇습니다."

대한이 단호하게 대답하자 여진수는 당황했다.

짬 처리를 밑에서 당할 줄은 몰랐겠지.

하지만 대한에게도 나름의 이유가 있었다.

"물론 제가 할 수도 있겠지만, 각 기관의 입장을 생각해 보면 예의가 아니라고 생각돼서 그렇습니다."

"그건 또 무슨 소리야, 예의라니?"

"예, 각 기관에 협조를 받기 위해선 기관의 말단이 아닌 머리와 대화를 해야 할 텐데 저희 쪽에서도 체급을 맞춰 줘야 기분이 안 나쁘지 않겠습니까?"

그렇다고 대대장인 박희재에게 연락하라고 할 순 없으니 바로 그 밑인 정작과장인 여진수가 필요한 것.

물론 그 밑의 다른 사람이 해도 되긴 했지만 그래도 결정권이 많은 여진수가 하는 게 가장 마음 편했다.

어차피 일을 진행하다 보면 또 보고 체계를 거쳐야 할 테니까.

그 말에 여진수가 피식 웃으며 말했다.

"난 또 무슨 말을 한다고. 그래, 협조는 내가 알아서 하마. 대대장님한테도 내가 보고하고. 그나저나 제안 잘 짜 왔네. 합격!"

"감사합니다!"

합격이란 말에 대한은 우렁차게 감사 인사를 한 뒤 자연스럽게 정작과를 벗어나려고 했다.

그때, 여진수가 모니터로 시선을 옮기며 말했다.

"대한아, 그런 의미에서 오후에 있는 체력 단련도 기대하고 있는다?"

"아…… 예! 알겠습니다!"

젠장.

아직 여진수의 테스트는 끝나지 않았다.

✸

대한은 다음 퀘스트인 체력 단련을 준비하기 위해 곧장 대대 군수과로 이동했다.

이번 퀘스트는 군수과의 협조가 필요했으니까.

'사실 협조랄 것도 없긴 하지만 그래도 말은 해야 하니까.'

부대에 남아도는 것이 탄약통이었다. 그리고 그 남아도는 탄약통들이 어떻게 관리되고 있는지 알기에 대한은 너끈히 받아낼 자신이 있었다.

잠시 후, 군수과에 도착한 대한이 조심스럽게 문을 열고 들어갔고 익숙한 얼굴 하나가 대한에게 알은척을 했다.

"어? 충성. 소대장님이 어쩐 일이십니까?"

"아, 탄약관님. 군수과장님은 자리 비우셨습니까?"

중사 배홍수.

대대 군수과에서 탄약관 직책을 수행 중인 인물.

배홍수는 휴대폰으로 게임 중이었는데 꽤나 여유로워 보였다.

그도 그럴 게 사격하는 날을 제외하면 업무가 꽤 널널한 것이 바로 탄약관이었으니까.

그래서일까?

배홍수를 본 대한은 속으로 내적 반가움을 표했다.

요번에 섰던 첫 당직 때 같이 근무를 선 것도 선 거지만 저번 당직과는 별개로 배홍수는 전생에도 친분이 좀 있던 사람이었으니까.

'인사과장 때 저 사람이랑 담배 참 많이 피웠었지.'

그뿐이랴?

배홍수는 대한이 힘들어 할 때 여러모로 꽤 많은 도움을 준 좋은 사람이었다.

그렇기에 기회가 된다면 배홍수한테 신세진 걸 꼭 갚고 싶다는 생각이 들었다.

배홍수가 말했다.

"예, 단에 회의하러 가셨습니다. 무슨 일 때문에 그러십니까?"

"아, 군수과장님 때문에 온 건 아니고 탄약관님 보러 왔습니다."

"저 말씀이십니까?"

대한의 말에 배홍수가 짐짓 두려운 기색으로 휴대폰을 조용히 내려놓았다.

왜냐면 현재 부사관들 사이에서 대한은 일을 몰고 다니는 존재로 소문이 나 있었는데 일례로 어제 대한의 중대인 1중대 3소대장에게 듣길, 중대는 조용해도 김 소위는 항상 바빠 보이지 않으니 만약 김 소위를 만난다면 조심하라는 당부까지 들었기 때문이다.

배홍수가 어색하게 웃으며 대답하자 대한이 활짝 웃으며 말했다.

"예, 탄약통 좀 받아 가고 싶어서 왔습니다."

"탄약통 말입니까?"

"예, 폐급도 상관없으니 뚜껑이랑 손잡이만 제대로 달려 있으면 됩니다."

그 말에 배홍수가 본능적으로 도리질을 쳤다.

"에이, 탄약통 남는 게 어디 있습니까. 저희도 부족합니다."

부족하긴 개뿔.

당연히 거절이 나올 줄 알았다.

간단한 일이어도 최대한 안 할 수 있으면 좋았으니까.

그 말에 대한이 씩 웃으며 말했다.

"그렇습니까? 참 아쉽게 된 것 같습니다. 그건 그렇고 군수과 창고 뒤편 말입니다."

"⋯⋯예?"

군수과 창고 뒤편.

그 말에 배홍수의 얼굴에 긴장이 돋기 시작했다.

그도 그럴 게 거기엔 군수과만 아는 비밀이 하나 있었으니까.

대한의 말이 이어졌다.

"제가 내일 울타리 순찰이 있는데 그쪽을 좀 다녀와도 되겠습니까? 자세히 보니까 길이 나 있는 것 같던데 주둔지 순찰하는 지름길인 것 같았습니다."

"지, 지름길이라니⋯⋯! 그쪽에는 길이 없습니다. 소대장님."

대한의 말에 배홍수가 심히 당황한 기색을 보였다.

그러나 대한은 아랑곳 않고 계속해서 말을 이어 나갔다.

"제가 아직 주둔지를 완벽하게 파악하지 못해서 그렇습니다. 그러니 두 눈으로 직접 파악하는 게 좋지 않겠습니까? 필요하다면 카메라로 이상한 것들도 좀 찍어 오고 말입니다."

"하하…… 길 같은 거 없다니까 그러시네…… 그나저나 아까 뭐, 탄약통 필요하다고 하지 않으셨습니까?"

"예, 필요하긴 한데…… 없으면 어쩔 수 없죠, 뭐. 덕분에 시간이 좀 널널해졌으니 아까 말씀드린 대로 순찰이나 좀 더 꼼꼼하게 볼 생각입니다. 대대장님이 무슨 일을 해도 확실하고 꼼꼼하게 하라고 하셔서 말입니다. 몰라서 못 하는 건 용납해도 꼼수 부린다고 뭐 숨기고 그러면 아주 크게 처벌할 거라고 어찌나 경고를 주시든지."

대한의 말에 배홍수는 식은땀을 흘리기 시작했다.

당연했다.

군수과 창고 뒤에는 방금 대한이 말한 꼼수 부린다고 숨겨 놓은 폐급 물자들이 엄청나게 쌓여 있었으니까.

'심지어 그것들은 전부 전산에 잡혀 있지도 않지.'

일부러 빼돌렸다거나 그런 게 아니다.

처음엔 전산에도 안 잡혀 있고 녹이 슬거나 파손된 게 많아 그냥 창고에 막 쌓아 뒀는데 검열관한테 한 번 털린 후로 자리를 옮겨 뒷산에 쌓아 둔 것뿐.

그게 몇 해가 지나 전통이 되면서 군수과에만 전해져 내려오는 폐급 처리장이 되었다.

어떻게 아냐고?

전생에 배홍수가 말해 줬으니까.

'그중에는 탄약통도 있다고 했었지. 녹슨 부분을 닦아 내고

페인트칠을 한 다음 부사관들한테 캠핑용으로 선물했다는 말
도 하면서.'

뚜렷이 기억하고 있었다.

대한은 기억력이 좋은 편이었으니까.

물론 조금 전까지만 해도 기회가 된다면 신세진 걸 보답하
고 싶다고 했었지만…….

'지금 당장 내가 혼나게 생겼는데 보답은 무슨.'

기부나 봉사도 본인이 여유가 될 때 하는 것이다.

물론 그렇다고 아예 보답을 안 한다는 건 아니다.

나중에 기회가 되면 한다는 것일 뿐.

우선은 여진수의 퀘스트가 먼저였다.

말을 마친 대한이 아쉬운 척 몸을 돌리려던 찰나였다.

"……몇 개 필요하십니까?"

결국 배홍수는 백기를 들고 말았고 대한이 은은하게 웃으며
모른 척 배홍수에게 되물었다.

"뭐가 말씀이십니까?"

"탄약통 말입니다. 생각해 보니 구하려면 구할 수 있을 것 같
습니다."

"아, 굳이 무리 안 하셔도 되는데…… 그럼 한 10개 정도만
부탁드려도 되겠습니까?"

"……알겠습니다, 오후 일과 시작할 때까지 가져다드리겠습
니다."

심지어 가져다주겠단다.

당연했다.

어떻게든 군수과의 폐급 처리장을 들키고 싶지 않겠지.

그 사실을 아는 대한이 알면서도 모르는 척 미소를 지으며 말했다.

"아휴, 아닙니다. 그런 건 제가 애들 데리고 가지러 오겠습니다."

"아닙니다. 바쁘신데 제가 알아서 가져다드리겠습니다. 간부 연구실로 가져다드리면 되겠습니까?"

"그래 주시면 너무 감사드리겠습니다. 그럼 체력 단련 때 사용할 거니까 보시고 제일 튼튼해 보이는 거로 10개만 좀 부탁드리겠습니다."

"당연하죠. 제대로 된 거로 가져다드리겠습니다."

예의상 몇 번은 도움을 제안하려고 했지만, 거절의 이유를 알고 있었기에 못 이기는 척 돌아섰고, 대한은 군수과를 나가면서 생각했다.

'오랜만에 보니까 재밌네. 자주 놀러 와야겠어.'

이윽고 대한이 군수과를 떠나자 배홍수가 자리에 앉아 묵은 숨을 토하며 중얼거렸다.

"처리장은 또 어떻게 안 거야······?"

의문이었다.

하지만 의문을 해결할 생각은 하지 않았다.

어떻게든 입에 올리고 싶지 않은 사실이기도 했고…….

그렇기에 이번 기회에 확실히 결심할 수 있었다.

김대한은 무조건 피해 다녀야겠다고 말이다.

　　　　　　　　　　　✷

오후 일과가 시작될 때쯤 군수과 계원들이 중대 간부 연구실로 탄약통을 가져다주었다.

녹은 슬어 있었지만 손잡이와 잠금장치는 정상이었고 탄약통 10개를 일일이 확인해 본 대한은 계원들에게 고생했다고 말한 뒤 행정반 앞으로 나갔다.

행정반 앞에는 박태록이 중대원들을 향해 오후 작업을 지시하고 있었다.

대한이 말했다.

"보급관님. 저 체력 단련 준비 때문에 그러는데 5명만 부탁드리겠습니다."

"아, 아까 말씀하신 거? 탄약통은 받으셨습니까?"

"예, 탄약관이 제대로 된 거 보내줬습니다."

"다행입니다. 데리고 가고 싶은 애들로 먼저 빼 가십쇼."

그 말에 대한이 1소대 쪽으로 몸을 돌리며 말했다.

"나다 싶은 5명, 간부 연구실 앞으로 열외."

대한의 말이 끝나기가 무섭게 박태현이 먼저 뛰쳐나왔다.

"병장 박태현!"

나다시.

일명, 나다 싶은 시스템의 줄임말.

보통 나다시가 발동되면 밑에 짬순으로 튀어나오는 게 일반
적이었지만 그건 어디까지나 보통 작업의 경우에나 해당했다.

군대에서 작업은 어떤 작업을 하는지보단 누구와 작업을 하
는지가 더 중요했으니까.

그 사실을 잘 아는 박태현이었기에 병장답지 않게 먼저 튀
어나온 것이었고 박태현에 이어 대한과 한 번이라도 작업해
본 병력들은 너나 할 것 없이 모조리 튀어나왔다.

그렇게 간부 연구실 앞에 20명의 중대원이 몰리자 박태록이
어이없다는 투로 말했다.

"소대장님 인기가 대단하십니다."

"하하하……."

그저 웃을 수밖에.

대한이 민망한 목소리로 말했다.

"뭣들 하냐, 선착순 5명만 제외하고 나머지는 빨리 제자리로
복귀해."

그 말에 5명에 속하지 못한 병력들이 아쉬움을 표했다.

"아, 꿀 냄새 진했는데."

"5명 다 1소대야. 존나 부럽다."

"소대장님, 다음에 작업 있으면 미리 말씀해 주십쇼. 전날부

터 미리 준비하고 있겠습니다."

간부 연구실 앞에 모인 것은 상대적으로 거리가 가까웠던 1소대 5명.

대한이 그중 가장 선임인 박태현에게 말했다.

"간부 연구실 안에 탄약통 있으니까 각자 2개씩 들려서 주차장으로 집합해."

"예, 알겠습니다!"

그 말에 박태현이 우렁차게 대답한다.

설령 이번에 할 작업이 고되다 해도 지시자가 대한이었기에 충분히 할 만한 작업이라 생각했기 때문.

그도 그럴 게 대한은 휴식 부여가 확실하고 피엑스도 시원하게 잘 쏘는 사람이었으니까.

이윽고 작업자 모두 주차장에 탄약통을 가져다 놓자 대한이 옆구리에 저울을 끼고 나타났다.

그것을 본 옥지성이 고개를 기울이며 물었다.

"소대장님, 웬 저울입니까?"

"비밀. 그보다 일단 피엑스부터 가자."

"오예!"

"역시 소대장님이십니다"

"크, 내 이럴 줄 알았다."

역시.

대한은 소대원들의 예상대로 작업자들을 데리고 피엑스부터

갔고 그곳에서 일꾼들을 든든히 먹인 뒤 다시 탄약통을 챙겨 사격장으로 향했다.

사격장에 도착할 때쯤 박태현이 물었다.

"소대장님, 근데 사격장은 왜 오신 겁니까?"

"빨리도 물어본다. 이제부터 너희들은 탄약통에 흙이나 돌을 가득 채운다."

"탄약통에 말입니까?"

"이따 체력 단련에 쓸 거야. 그러니 뭘 넣어도 좋으니 20kg만 맞춰. 탄약통 포함해서 20kg니까 여기 저울 활용해서 잘 한번 맞춰 봐."

"20kg 정도야 뭐……."

말 그대로였다.

작업자들은 호기롭게 말한 것만큼 탄약통 무게를 금방 맞추어 냈다.

대한이 탄약통을 하나씩 들어 보고는 병력들을 향해 말했다.

"오케이. 그럼 이제 그늘로 가서 쉬자."

"예? 이게 끝입니까?"

옥지성이 시간을 확인하며 물었다.

"응, 뭐 더 할 거 있어?"

"아니, 그건 아닌데…… 겨우 10분 작업했습니다. 이럴 거면 한 명만 데리고 와도 괜찮았을 것 같습니다."

"그래? 그럼 넌 지금 연병장에 가서 줄 좀 그어라. 한 50미터

쯤? 병력들 띌 수 있도록 폭넓게 그려야 해."

"앗, 괜히 말한 것 같습니다."

"그러니 입이 방정이지. 아무튼 줄은 네가 그어야 한다."

"그 정도야 뭐. 알겠습니다. 체육대회 달리기하듯 그리면 되 겠습니까?"

"그래, 하지만 그것보단 폭이 훨씬 더 넓어야 해."

"예, 알겠습니다."

대한은 옥지성을 보낸 뒤 그늘에 숨어 쉬는 박태현에게 말 했다.

"태현아, 나 단에 잠시만 다녀올 테니까 애들 데리고 잘 숨어 있어라."

"예, 걱정하지 마시고 조심히 다녀오십쇼. 저 나뭇잎 마을 출 신입니다."

대한은 단 쪽으로 발걸음을 옮겼다.

마음 같아선 단에 별로 가고 싶지 않지만 어쩔 수 없다.

이제부터 할 일은 대대에선 절대로 할 수 없는 일이었으니 까.

잠시 후, 단에 도착한 대한은 바로 정작과로 향했다.

당직 근무를 설 때와는 달리 대낮의 단 정작과는 분위기가 살벌했다.

정작과에서 근무하는 모든 인원들이 컴퓨터를 뚫어져라 쳐다보며 전투적으로 키보드를 두드리고 있었고 침묵 속에 대한이 조심스럽게 경례했다.

"충성."

하지만 그 경례에 아무도 반응하지 않았다.

그저 본인의 할 일을 할 뿐.

'그래, 이게 정상이지.'

애초에 누군가의 반응을 기대하고 경례를 한 건 아니었다.

그저 해야 돼서 했을 뿐.

그렇기에 어쩌면 오히려 이런 반응이 더 좋을 수도 있다.

이런 경우엔 그냥 볼일이 있는 사람에게 다가가서 말을 걸면 그만이었으니까.

그렇게 생각하며 손을 내리고 발걸음을 옮기려던 찰나였다.

"어라? 상급자가 경례도 안 받아 줬는데 누구 마음대로 손 내리래?"

짜증 가득한 목소리.

그와 함께 익숙하기 그지없는 목소리.

바로 단 작전장교인 현정국 대위였다.

현정국이 대한을 삐딱하게 바라보며 말했다.

"이 개념 없는 놈 좀 봐라? 어디 대대 인원이 상급 부대 방문하면서 인사도 제대로 안 해? 너 뭐야?"

현정국이 이러는 이유.

뻔했다.

저번에 했던 단과 대대의 축구 대항전 때문이겠지.

그날 이후 현정국에겐 축구 금지령이 내려졌다.

당연했다.

단장과 대대장이 보는 앞에서 쌍욕을 갈겼는데 안 맞은 게 용할 정도.

물론 그 일에 대해 대한은 아무런 잘못도 없었다.

양준규에게 내린 알까기 명령은 여전히 그 누구도 모르는 둘만의 비밀이었으니까.

그럼에도 현정국이 이러는 이유는 단순했다.

바로 대한이 대대 소속이기 때문.

현정국의 쿠사리에 대한은 즉각 고개를 숙여 사죄했다.

"죄송합니다. 제대로 하겠습니다."

대한은 현정국의 심기를 건드리지 않기 위해 최대한 조심스럽게 말했다.

하지만 미친개한테 조심한다고 안 물릴 수가 있나.

미친개는 미친개였다.

현정국의 쿠사리 폭격이 시작됐다.

"죄송하면 군 생활 끝나냐? 조금 전으로 돌아가져? 그러게 애초부터 똑바로 했어야지. 안 그래?"

"예, 맞습니다. 제가 생각이 짧았던 것 같습니다."

"어째 소위 새끼들은 매년 갈수록 더 심해지는 것 같냐? 어깨 위에 달린 건 장식이야? 어? 나 때는 말이야……."

현정국은 대한이 낮은 자세로 나오자 신나게 스트레스를 풀기 시작했고 장장 십여 분의 잔소리를 게워 낸 후에야 꼬장을 그만두었다.

현정국의 잔소리가 끝날 때쯤 대한이 영혼 없는 감사 인사를 올렸다.

"말씀 감사합니다. 작전장교님 소위 시절처럼 앞으로 열심히 군 생활하겠습니다."

"흥, 넌 나처럼 못해. 다시 태어나서 군 생활한다고 해도 내 반도 못 할걸?"

지독한 놈.

보통 '나 때는' 발언을 듣고 이렇게 대답해 주면 다들 뿌듯해하는 게 정상인데 현정국은 결이 다른 미친놈이었다.

그래도 참고 한 번 더 웃었다.

"그래도 제 군 생활 롤 모델로 삼고 조금이라도 따라갈 수 있도록 최선을 다해 보겠습니다."

"그래 보든가."

드디어 말이 짧아졌다.

이제야 속이 좀 풀린 모양.

현정국이 물었다.

"그래서, 대대 소대장이 단 정작과에는 무슨 일로 왔냐?"

"정훈 공보장교에게 말할 게 있어서 왔습니다."

"그래? 그럼 이제 가 봐라."

대한은 현정국의 허락이 떨어지자 그제야 구석에 있는 정훈
공보장교에게 다가갔다.

대한이 다가오자 정훈 장교는 흠칫 놀라는 듯하더니 자리에
서 일어나 조용히 말했다.

"대한아, 나가서 이야기하자."

"예, 선배님."

나가서 이야기하자는 건 일종의 배려였다.

여기서 이야기했다간 엿듣고 있던 현정국이 또다시 딴지를
걸 게 분명했으니까.

단 흡연장으로 이동한 두 사람은 비로소 이야기를 시작할 수
있었다.

정훈 장교가 말했다.

"할 말 있음 전화로 하지, 왜 괜히 와서 털리고 있냐."

"얼굴 보고 제대로 인사도 못 드렸는데 어떻게 전화부터 할
수 있겠습니까."

그 말에 정훈 장교가 웃으며 말했다.

"기본이 됐네. 군 생활은 할 만하고?"

"예, 문제없습니다."

정훈공보장교 중위 안유빈.

대한이 기억하는 사람들 중 가장 선한 사람이었다.

그 증거로 아직 일면식도 없는 사이였지만 대화를 시작하자

마자 대뜸 대한을 위로부터 했으니까

안유빈이 입에 담배를 물며 물었다.

"그럼 됐고…… 근데 네가 나한테 무슨 볼일이 다 있냐?"

후배가 본인을 찾는 경우가 잘 없었기에 안유빈은 신기하다
는 듯 말했다.

그도 그럴 게 본인의 업무 특성상 상급자의 계획에 협조하는
경우가 대부분이었으니까.

대한이 안유빈에게 담뱃불을 붙여 주며 말했다.

"선배님, 혹시 요즘 많이 바쁘십니까?"

"바쁘긴, 엄청 조용하지. 왜?"

대답하는 안유빈의 얼굴에 아쉬움이 가득했다.

그럴 만도 했다.

보통은 조용한 걸 최고로 치는 군대였지만 안유빈의 경우엔
본인의 스펙을 위해 장교 지원을 한 사람이었으니까.

'희한한 사람이지. 나랑 똑같은 학군단 출신이지만 스펙 쌓
으려고 학군단에 지원한 사람이니.'

관점에 따라 해석하기 나름이겠지만 적어도 대한은 이해하
기가 힘들었다.

여기 올 바엔 차라리 그 시간에 다른 걸로 스펙 쌓는 게 낫다
고 생각했으니까.

그런 의미에서 안유빈은 의욕이 굉장한 사람이었는데 대한
의 기억에 따르면 여진수만큼이나 이것저것 일을 벌이고 싶어

하는 사람이었다.

하지만 한낱 중위가 뭘 할 수 있을까?

행사를 계획하더라도 부대 일정이 안 맞아서 취소되고, 설사 부대 일정을 잘 맞춰서 계획을 세우더라도 미친 꼰대 현정국의 태클로 번번이 무산되었다.

그렇기에 안유빈을 찾아온 것이다. 이번 일은 안유빈에게 제격이었으니까.

대한이 말했다.

"정훈 분야에서 해 주셨으면 하는 것이 있어서 따로 말씀드리러 왔습니다."

"정훈에서? 뭐, 설마 사진 찍어 달라는 건 아니지?"

대한의 말에 안유빈은 대뜸 거부감부터 들었다.

그도 그럴 게 정훈교육, 문화홍보, 공보작전 3개 파트를 담당하는 병과였지만 후방부대에서 할 수 있는 일이라고는 고작해야 상급자들 사진 찍어 주는 게 전부였으니까.

실제로도 요즘 사진만 실컷 찍고 있기도 했고.

그 말에 대한이 넉살 좋게 웃으며 말했다.

"에이, 아닙니다. 선배님 같은 고급 인력을 어떻게 사진 찍는 데 쓸 수 있겠습니까?"

"그래? 그럼 뭔데?"

"국방일보에 내고 싶은 기사가 하나 있습니다."

"······뭐?"

대한을 의심하기도 잠시, 국방일보라는 말에 안유빈의 눈에 이채…… 아니, 흥미와 열정이 활활 타오르기 시작했다.

안유빈의 눈에 생기가 도는 이유는 간단했다.

안유빈이 입대한 목적 중에 하나가 바로 국방일보에 기사를 내는 것이었으니까.

안유빈의 초롱초롱한 눈빛에 대한이 속으로 웃었다.

'역시 이런 반응일 줄 알았다.'

안유빈이 이런 반응을 보일 거란 건 이미 짐작하고 있었다.

그는 누가 들어도 알 만한 일류 대학의 신문방송학과 출신이었고 그가 말하는 군대 내에서의 스펙은 다름 아닌 국방일보에 자신의 기사를 내보는 것이었으니까.

'이 양반은 꿈이 기자라고 했었지.'

그렇기에 안유빈을 찾아온 것이다. 흥분한 안유빈이 감정을 조절하며 물었다.

"근데 국방일보에 기사 낼 만한 게 있나?"

그 물음에 대한이 즉각 대답했다.

"예, 선배님. 혹시 다음 주에 집중 인성 교육 실시하는 거 알고 계시지 않습니까?"

"응, 당연히 알지. 근데 그건 왜?"

"그 교육을 이번엔 소대장들이 직접 하지 않고 외부 업체를 부를 생각입니다."

"전문 강사를 초빙한단 말이야?"

"예, 그렇습니다."

안유빈 또한 집중 인성 교육의 실무자 중 하나였기에 대한의 말을 바로 이해했고 그렇기에 더더욱 믿기지 않는다는 표정으로 대한에게 되물었다.

"2박 3일 일정인데 돈은? 강사비가 무료는 아닐 거 아냐? 그리고 상급자분들이 그걸 쉽게 허락하셨어? 강사까지 부를 일은 아니라고 생각하실 텐데?"

"대대장님께서 깨어 있으신 분이라 한 번에 허락해 주셨습니다. 그리고 강사비 같은 경우도 첫 시범 교육을 핑계로 무료로 섭외했습니다. 아, 당연히 식사나 숙소 문제도 다 해결했습니다."

그 말에 안유빈이 깜짝 놀란 표정을 지어 보였다.

"실행력 미쳤는데? 그나저나 군대에서 외부 업체라니······ 이건 국방일보 뿐만이 아니라 외부에도 기사가 나겠어."

"그래서 선배님께 부탁드리는 겁니다. 어차피 공병단 전체 홍보활동은 선배님 담당이시지 않습니까."

"그렇긴 하지. 아, 드디어 내가 하고 싶은 일을 할 수 있게 되는 건가. 대한아, 걱정하지 마라. 이건 내가 국방일보에 날 수 있게 꼭 힘 써 보도록 할 테니까."

"예, 그럼 선배님만 믿겠습니다."

믿고 자시고 할 것도 없었다.

이번 건은 군에서도 상당히 좋아할 건수였으니까.

그리고 이렇게 국방일보에 기사를 내면 송창현과 이야기했던 교육 우수 사례로 뽑아 주는 것도 한층 더 수월하게 진행할 수 있을 터.

그뿐일까?

국방일보를 통해 이러한 교육 과정이 입소문을 타면 송창현은 돈방석에 앉게 될 것이 분명했다.

국방일보에 기사가 나면 육군뿐만이 아니라 해군, 공군까지도 섭외 요청이 올 테니까.

'그렇게 되면 어쩌면 내가 여기 있는 동안 한두 번쯤은 더 공짜로 교육을 진행해 주겠지.'

안 되면 어쩔 수 없지만 그래도 확실히 기대해 볼 만한 일이긴 했다.

"그럼 선배님, 먼저 올라가 봐도 되겠습니까? 사격장에서 작업하던 게 있어서 말입니다."

"어어, 그래. 얼른 올라가 봐."

"예, 감사합니다."

현정국과는 달리 안유빈은 밝은 얼굴로 경례를 받아 주었고 대한은 자연스럽게 단을 떠날 수 있었다.

그리고 사격장에서 알뜰히 휴식을 취한 뒤 체력 단련 시간에 맞춰 대대 연병장으로 복귀했다.

무게를 맞춘 10개의 탄약통들과 함께.

✳

　대한은 정작과로 가서 여진수를 데리고 연병장으로 돌아왔다.

　연병장으로 온 여진수가 준비된 탄약통들 중 2개를 직접 들어 보며 말했다.

　"흠, 확실히 묵직하네."

　여진수가 고개를 끄덕이며 대한에게 물었다.

　"이걸 들고 뛴다는 말이지?"

　"예, 50미터 왕복 달리기를 실시할 예정입니다."

　"근데 그걸로 훈련이 될까? 너무 짧은 거 아냐?"

　짧다니…….

　'그럼 네가 한번 뛰어 볼래?'라고 이야기하고 싶었지만 그래도 상급자였기에 사회적으로 웃으며 대답했다.

　"병력들의 숙달도를 보면서 반복 횟수를 조금씩 조정해 보겠습니다. 그래도 처음 하는 운동이니 차차 발전시키면 된다고 생각합니다."

　"역시…… 그럼 오늘 1중대로 실험해 보고 적정 횟수와 방법을 알아와. 내일부터 대대 전 병력이 실시할 수 있도록 내가 직접 전파할 테니까."

　"예, 알겠습니다."

　여진수가 힘내라는 의미로 대한의 어깨를 툭 치고 막사로 들어갔다.

그리고 얼마 뒤, 환복을 마친 1중대원들이 연병장으로 집합했고 도수체조로 몸을 푼 뒤 출발선 위에 조를 나눠 병력들을 세웠다.

"자, 다들 앞에 탄약통을 양손에 하나씩 들고 라인 따라서 끝까지 뛰어갔다가 다시 돌아오면 된다. 쉽지?"

그 말에 병력들이 탄약통을 들어 보며 신기해함과 동시에 신난 듯 떠들기 시작했다.

어찌 보면 당연했다.

뭘 하든 뜀걸음보단 재밌을 테니.

대한이 웃으며 물었다.

"뜀걸음보다 훨씬 맘에 들지?"

"예! 그렇습니다!"

그래.

이따가도 그렇게 신날 수 있나 어디 한번 보자.

대한은 병력들의 손목과 발목을 추가로 풀어 준 뒤 첫 번째 주자들을 레일에 세웠다.

"전속력으로 뛰어라, 이따 체력 남아 있으면 이거 들고 뜀걸음 시킬 거니까."

"예!"

병력들은 당연하다는 듯 대답했고 곧이어 휴대폰 스톱워치를 준비한 뒤 외쳤다.

"출발!"

병력들의 질주가 시작됐다.

동시에 스톱워치가 작동되었고 이윽고 병력들이 반환점을 돌 때쯤이었다.

"후우…… 뭔가 좀 힘든데?"

"손 아픕니다. 잘못하면 놓칠 것 같습니다."

"아, 이거 왜 이렇게 무겁습니까?"

병사들 중에 평소 운동을 하는 인원이 얼마나 될까?

아무리 체력 단련 시간이 주어져도 끽해야 뜀걸음이나 족구가 전부였다.

첫 번째 주자들의 인상이 구겨지는 걸 본 대한이 외쳤다.

"빨랑 안 뛰어와?"

이윽고 첫 번째 주자들이 도착하자 대한은 두 번째 주자들을 준비시켰다.

"시간 없다! 바로 다음 주자들 준비! 탄약통 들고! 자, 출발!"

두 번째 주자도 출발.

이후엔 같았다.

마침내 모든 조가 한 번씩 달리기를 마치자 다시 1조 차례가되었고 그들의 얼굴에 먹구름이 드리웠다.

1조에 속해 있던 옥지성이 탄약통 대신 손을 들고 외쳤다.

"상병 옥지성! 소대장님께 여쭤볼게 있습니다!"

"거절한다. 준비."

실실 웃으며 손드는 걸 보니 안 봐도 뻔했다. 보나마나 힘들어서 협상하려고 하는 걸 테지.

그래서 거절했는데 옥지성이 우는 소리를 했다.

"아, 너무 하십니다. 소대장님."

"너무해? 완전군장한 채로 운동하고 싶어?"

"아, 아닙니다! 얼른 출발시켜 주십쇼!"

"좋아, 1조 다시 출발!"

"으아아아!"

1조 인원들이 다시 출발한다.

이번에는 괴성과 함께.

병력들의 입에서 악 소리가 나오는 걸 보니 아무래도 훈련이 제대로 되고 있는 모양.

뿌듯했다.

이렇게 주기적으로 훈련해 주면 분명히 나중에 좋은 성과가 나올 테니까.

그때였다.

"잘하고 있나?"

익숙한 목소리.

고개를 돌려 보니 여진수의 보고를 받은 박희재가 여진수와 함께 구경을 나왔다.

대한이 얼른 경례를 올리며 보고했다.

"충성! 예. 탄약통을 이용한 체력 단련 시범실시 중인데 병력들에게 효과가 좋은 것 같습니다!"

"안 그래도 궁금해서 한번 와 봤다. 난 신경 쓰지 말고 하던 거마저 할 수 있도록."

"예, 알겠습니다!"

신경 쓰지 말라지만 괜히 불안했다. 윗사람들은 어떻게 튈지 몰라서 무서운 법이니까.

그래서 일단은 병사들에게 최선을 다하라는 눈빛을 보냈다.

현재 할 수 있는 건 그게 전부였으니까.

이윽고 1조가 돌아왔고 2조가 출발했다.

그러기를 몇 차례.

박희재가 흐뭇한 표정으로 말했다.

"확실히 이런 체력 단련도 병력들에게 도움이 많이 되겠구만."

"예, 부족한 근력을 키울 수 있는 좋은 기회가 될 것 같습니다."

"그래서 말인데…… 이런 운동들이 좀 다양해졌으면 좋겠는데 작전과장은 어떻게 생각하나?"

박희재의 물음에 여진수가 얼른 고개를 조아리며 대답했다.

"아, 저도 딱 그렇게 생각했습니다. 김 소위도 그렇게 생각하지?"

아.

어떤 식으로 튈지 궁금했는데 이게 이렇게 튀는구나.

대한은 얼른 대답하라는 여진수의 눈빛에 슬픈 광대처럼 이를 악물고 웃었다.

"예, 저도 그렇게 생각합니다. 금방 추가해서 보고드리겠습니다."

"역시 젊은 게 좋구만. 이런 아이디어들이 빨리빨리 나오고 말이야. 안 그런가?"

"그러게나 말입니다. 젊다는 게 참 부럽습니다."

하하하 웃는 두 사람.

제기랄.

이거 원래 이영훈이 제안한 거였는데……

그러나 대한은 끝내 그 말을 뱉지 못한 채 속으로 삼켰고 그 둘과 함께 웃을 수밖에 없었다.

이윽고 두 사람이 돌아갔고 대한은 그제야 병력들에게 외쳤다.

"그만! 10분간 휴식!"

"10분간 휴식!"

우렁찬 복명복창이 튀어나왔고 동시에 병력들이 연병장에 널브러지기 시작했다.

멀쩡한 병사는 없었다.

탄약통 질주는 생각보다 힘든 운동인데다 대대장이 보고 있던 탓에 설렁설렁 할 수도 없었으니까.

심지어 무더운 여름이었다.

다행히 해가 구름에 가려져 뜨겁진 않았지만, 그래도 습도와 온도를 무시할 순 없었기에 대한은 이따 아이스크림이라도 돌려야겠다고 생각했다.

그때였다.

"대한아, 이거 뭐 하는 거야?"

안유빈이었다.

그러나 자라 보고 놀란 가슴, 솥뚜껑 보고 놀란다고 대한은 가슴을 쓸어내리며 대답했다.

"아, 선배님이셨습니까? 이건 이번에 새로 도입한 새로운 체력 단련법입니다. 저 가득 차 있는 탄약통이 20㎏ 정도인데 저걸 들고 50m 왕복달리기를 실시하고 있었습니다."

"새로운 체력 단련법? 나도 한 번 해 봐도 되냐?"

"선배님이 말씀이십니까?"

"응. 내가."

"당연히 됩니다. 마침 애들 쉬고 있으니까 지금 해 보시면 될 것 같습니다."

대한은 대답과 동시에 안유빈의 몸을 슬쩍 스캔했다.

하얀 피부와 얇은 다리.

운동과는 거리가 멀어 보이는 그였기에 솔직히 말해서 조금 놀랐다.

'뭐, 편견일 수도 있지.'

대한이 말했다.

"선배님, 혹시 저 잠시만 애들 아이스크림 좀 사 가지고 와도 되겠습니까?"

"어어, 그럼. 물론이지. 얼른 다녀와."

안유빈은 대한에게 손을 흔들고는 탄약통 쪽으로 이동했고 대한은 별 생각 없이 피엑스로 발걸음을 옮겼다.

안유빈이 가진 진짜 목적은 꿈에도 모른 채 말이다.

✻

그 시각.

단 흡연장에 현정국과 이영훈이 담배를 피우고 있었다.

사실 말이 흡연이지 이건 흡연을 가장한 핀잔이었다.

그도 그럴 게 이영훈이 단 흡연장에서 흡연할 이유는 없었으니까.

현정국이 담배를 깊게 빨아 뱉으며 말했다.

"야, 영훈아. 너 1소대장 관리 안 하냐?"

"1소대장, 말씀이십니까?"

단 흡연장으로 오라고 할 때부터 이런 분위기는 대충 예상하고 있었지만 그 안건이 김대한이라고?

솔직히 놀랐다.

다른 사람도 아니고 대한이었으니까.

이영훈의 되물음에 현정국이 고개를 끄덕이며 대답했다.

"그래, 김대한이 말이야. 걔가 아까 뭔 짓거리 하고 갔는지 아냐?"

"무슨 짓을 했길래 그러십니까?"

뭘까?

저렇게 말하니 참 불안했다.

대한은 따로 걱정 안 해도 될 만큼 잘하는 놈인데…….

하물며 박희재와 여진수에게도 인정을 받은 놈이지 않은가?

그래서 일단 들어 보기로 했다.

"아까 정작과 들어올 때 경례도 안 하고 들어오던데, 네가 안 가르친 거냐? 아님 가르쳤는데 안 하는 거냐?"

"……예?"

뭐라고?

이영훈은 자신의 귀를 의심할 수밖에 없었다.

다음 권으로 이어집니다

꿈의 도약, 로크에서 하십시오
(주)로크미디어에서 신인 작가를 모십니다

즐거운 세상, 로크미디어는 꿈을 사랑하고 도전을 두려워하지 않는 작가 분들의 참신한 작품을 기다리고 있습니다. 21세기 장르 문학계를 이끌어 갈 차세대 선두 주자 (주)로크미디어에서 여러분의 나래를 활짝 펴 보시길 바랍니다.

모집 분야 판타지와 무협을 포함한 장르 문학
모집 대상 아마추어 작가, 인터넷 작가
모집 기한 수시 모집
작품 접수 시 유의 사항
    1. 파일명은 작가명_작품명.hwp형식을 갖춰 주십시오.
    1. 파일에 들어갈 내용은 다음과 같습니다.
        — 성명(필명인 경우 실명을 밝혀 주세요), 연락처, 이메일 주소
        — 제목, 기획 의도
        — A4용지 1장 분량의 등장인물 소개
        — A4용지 2장 분량의 전체 줄거리
        — 본문
    1. 작품이 인터넷에 연재되고 있다면, 게시판명과 사이트의 구체적이고 정확한 주소를 기재해 주십시오.

선택된 작품은 정식 계약 후 출판물로 간행되어 전국 서점에 유통됩니다.
작가 분은 (주)로크미디어의 전폭적인 지원하에 전속 작가로 활동하시게 됩니다.
※ 자세한 내용은 로크미디어 홈페이지(rokmedia.com)를 참조하세요.

(04167)서울시 마포구 마포대로 45 일진빌딩 6층
(주)로크미디어 편집부 신간 기획 담당자 앞
전화 : 02) 3273-5135
www.rokmedia.com   이메일 : rokmedia@empas.com